让这生命从容

长长的路，慢慢走

朱光潜 —— 著

江西人民出版社
Jiangxi People's Publishing House
全国百佳出版社

图书在版编目（CIP）数据

让这生命从容 ： 长长的路，慢慢走 / 朱光潜著. -- 南昌 ： 江西人民出版社，2018.8
ISBN 978-7-210-10587-9

Ⅰ. ①让… Ⅱ. ①朱… Ⅲ. ①书信集－中国－当代 Ⅳ. ①I267.5

中国版本图书馆CIP数据核字(2018)第148571号

让这生命从容：长长的路，慢慢走

朱光潜 / 著

责任编辑 / 冯雪松　韦祖建

出版发行 / 江西人民出版社

印刷 / 大厂回族自治县彩虹印刷有限公司

版次 / 2018年8月第1版

2018年8月第1次印刷

880毫米×1230毫米　1/32　7印张

字数 / 140千字

ISBN 978-7-210-10587-9

定价 / 45.00元

赣版权登字-01-2018-509

出版说明

朱光潜先生在潜心学术之外，还有着极强的社会责任感，创作了不少关于为人处世、教育修养的文章，为青年的学习成长提供了丰富的指导。本选集即是从朱光潜先生的通俗作品中精选了30篇文章，组织成集。在选编过程中，参校了开明书店版《给青年的十二封信》、中周出版社版《谈修养》，以及安徽教育出版社出版的《朱光潜全集》等书，为了尊重并保持作品原貌，除了对个别文字、标点错误作了订正，对一些译名、概念作了注释，其他内容基本不作改动，特此声明。

目录

CONTENTS

辑一　向阳花木易为春

辑二　心若盛开风自来

辑三　勤靡余劳心常闲

辑四　风物长宜放眼量

辑五　长风破浪会有时

我有两种看待人生的方法。在第一种方法里，我把我自己摆在前台，和世界一切人和物在一块玩把戏；在第二种方法里，我把我自己摆在后台，袖手看旁人在那儿装腔作势。

辑一 向阳花木易为春

世间许多罪恶都起于愚昧，如果真正彻底明了一件事是好的，另一件事是坏的，一个人决不会睁着眼睛向坏的方面走。

谈读书

朋友：

中学课程很多，你自然没有许多时间去读课外书。但是你试抚心自问：你每天真抽不出一点钟或半点钟的工夫吗？如果你每天能抽出半点钟，你每天至少可以读三四页，每月可以读一百页，到了一年也就可以读四五本书了。何况你在假期中每天断不会只能读三四页呢？你能否在课外读书，不是你有没有时间的问题，是你有没有决心的问题。

世间有许多人比你忙得多。许多人的学问都是在忙中做成的。美国有一位文学家、科学家和革命家富兰克林，幼时在印刷局里做小工，他的书都是在做工时抽暇读的。不必远说，你应该还记得孙中山先生，难道你比那一位奔走革命席不暇暖的老人家还要忙些吗？他生平无论忙到什么地步，没有一天不偷暇读几页书。你只要看他的《建国方略》和《孙文学说》，你便知道他不仅是一个政治家，而且还是一个学者。不读书讲革命，不知道“光”的所在，只是窜头乱撞，终难成功。这个道理，孙先生懂得最清楚的，所以他的学说特别重“知”。

人类学问逐天进步不止，你不努力跟着跑，便落伍退后，这固不消说。尤其要紧的是养成读书的习惯，是在学问中寻出一种兴趣。你如果没有一种正常嗜好，没有一种在闲暇时可以寄托你的心神的东西，将来离开学校去做事，说不定要被恶习惯引诱。你不看见现在许多叉麻雀[①]抽鸦片的官僚们、绅商们乃至于教员们，不大半由学生出身吗？你慢些鄙视他们，临到你来，再看看你的成就吧！但是你如果在读书中寻出一种趣味，你将来抵抗引诱的能力比别人定要大些。这种兴趣你现在不能寻出，将来永不会寻出的。凡人都越老越麻木，你现在已比不上三五岁的小孩子那样好奇、那样兴味淋漓了。你长大一岁，你感觉兴味的锐敏力便须迟钝一分。达尔文在自传里曾经说过，他幼时颇好文学和音乐，壮时因为研究生物学，把文学和音乐都丢开了，到老来他再想拿诗歌来消遣，便寻不出趣味来了。兴味要在青年时设法培养，过了正常时节，便会萎谢。比方打网球，你在中学时欢喜打，你到老都欢喜打。假如你在中学时代错过机会，后来要发愿去学，比登天边要难十倍。养成读书习惯也是这样。

你也许说，你在学校里终日念讲义看课本不就是读书吗？讲

① 即打麻将。

义课本着意在平均发展基本知识，固亦不可不读。但是你如果以为念讲义看课本，便尽读书之能事，就是大错特错。第一，学校功课门类虽多，而范围究极窄狭。你的天才也许与学校所有功课都不相近，自己在课外研究，去发现自己性之所近的学问。再比方你对于某种功课不感兴趣，这也许并非由于性不相近，只是规定课本不合你的口胃。你如果能自己在课外发现好书籍，你对于那种功课的兴趣也许就因而浓厚起来了。第二，念讲义看课本，免不掉若干拘束，想借此培养兴趣，颇是难事。比方有一本小说，平时自由拿来消遣，觉得多么有趣，一旦把它拿来当课本读，用预备考试的方法去读，便不免索然寡味了。兴趣要逍遥自在地不受拘束地发展，所以为培养读书兴趣起见，应该从读课外书入手。

书是读不尽的，就读尽也是无用，许多书没有一读的价值。你多读一本没有价值的书，便丧失可读一本有价值的书的时间和精力；所以你须慎加选择。你自己自然不会选择，须去就教于批评家和专门学者。我不能告诉你必读的书，我能告诉你不必读的书。许多人曾抱定宗旨不读现代出版的新书。因为许多流行的新书只是迎合一时社会心理，实在毫无价值，经过时代淘汰而巍然独存的书才有永久性，才值得读一遍两遍以至于无数遍。我不敢劝你完全不读新书，我却希望你特别注意这一点，因为现代青年颇有非新书不读的风气。别的事都可以学时髦，唯有读书做学问不能学时髦。我所指不必读的书，不是新书，是谈书的书，是值不得读第二遍的书。走进一个图书馆，你尽管看见千卷万卷的纸本子，其中真正能够称为“书”的恐怕难上十卷百卷。你应该读的只是这十卷百卷的书。在这些书中间，你不但可以得较真确的知识，而且可以于无形中吸收大学者治学的精神和方法。这些书才能撼动你的心灵，激动你的思考。其他像“文学大纲”“科学大纲”以及杂志报章上的书评，实在都不能供你受用。你与其读千卷万卷的诗集，不如读一部《国风》或《古诗十九首》；你与其读千卷万卷谈希腊哲学的书籍，不如读一部柏拉图的《理想国》。

你也许要问我像我们中学生究竟应该读些什么书呢？这个问题可是不易回答。你大约记得北平京报副刊曾征求“青年必读书十种”，结果有些人所举十种尽是几何代数，有些人所举十种尽是《史记》《汉书》。这在旁人看起来似近于滑稽，而应征的人却各抱有一番大道理。本来这种征求的本意，求以一个人的标准做一切人的标准，好像我只欢喜吃面，你就不能吃米，完全是一种错误见解。各人的天资、兴趣、环境、职业不同，你怎么能定出万应灵丹似的十种书，供天下无量数青年读之都能感觉同样趣味，发生同样效力?

我为了写这封信给你，特地去调查了几个英国公共图书馆。他们的青年读物部最流行的书可以分为四类：（一）冒险小说和游记；（二）神话和寓言；（三）生物故事；（四）名人传记和爱国小说。就中代表的书籍是凡尔纳的《八十天环游地球》（Jules Verne: *Around the World in Eighty Days*）和《海底二万里》（*Twenty Thousand Leagues Under the Sea*），笛福的《鲁滨孙漂流记》（Defoe: *Robinson*

Crusoe)，大仲马的《三剑客》(A.Dumas：*Three Musketeers*)，霍桑的《奇书》和《丹谷闲话》(Hawthorne：*Wonder Book* and *Tangle Wood Tales*)，金斯利的《希腊英雄传》(Kingsley：*Heroes*)，法布尔的《鸟兽故事》(Fabre：*Story Book of Birds and Beasts*)，安徒生的《童话》(Andersen：*Fairy Tales*)，骚塞的《纳尔逊传》(Southey：*Life of Nelson*)，房龙的《人类故事》(Vanloon：*The Story of Mankind*)之类。这些书在国外虽流行，给中国青年读，却不十分相宜。中国学生们大半是少年老成，在中学时代就欢喜像煞有介事地谈一点学理。他们——你和我自然都在内——不仅欢喜谈谈文学，还要研究社会问题，甚至于哲学问题。这既是一种自然倾向，也就不能漠视，我个人的见解也不妨提起和你商量商量。十五六岁以后的教育宜注重发达理解，十五六岁以前的教育宜注重发达想象。所以初中的学生们宜多读想象的文字，高中的学生才应该读含有学理的文字。

谈到这里，我还没有答复应读何书的问题。老实说，我没有能力答复，我自己便没曾读过几本“青年必读书”，老早就读些壮年必读书。比方在中国书里，我最欢喜《国风》、《庄子》、《楚辞》、《史记》、《古诗源》、《文选》中的书笺、《世说新语》、《陶渊明集》、《李太白集》、《花间集》、张惠言《词选》、《红楼梦》等等。在外国书里，我最欢喜济慈（Keats）、雪莱（Shelly）、柯尔律治（Coleridge）、布朗宁（Browning）诸人的诗集，索福克勒斯（Sophocles）的七悲剧，莎士比亚的《哈姆雷特》(Shakespeare：

Hamlet）、《李尔王》（*King Lear*）和《奥瑟罗》（*Othello*），歌德的《浮士德》（Goethe：*Fasuts*），易卜生（Ibsen）的戏剧集，屠格涅夫（Turgenef）的《处女地》（*Virgin Soil*）和《父与子》（*Fathers and Children*），陀思妥也夫斯基[①]的《罪与罚》（Dostoyevsky：*Crime and Punishment*），福楼拜的《包法利夫人》（Flaubert：*Madame Bovary*），莫泊桑（Maupassant）的小说集，小泉八云（Lafcadio Hearn）关于日本的著作等等。如果我应北平京报副刊的征求，也许把这些古董洋货捧上，凑成“青年必读书十种”。但是我知道这是荒谬绝伦。所以我现在不敢答复你应读何书的问题。你如果要知道，你应该去请教你所知的专门学者，请他们各就自己所学范围以内指定三两种青年可读的书。你如果请一个人替你面面俱到地设想，比方他是学文学的人，他也许明知青年必读书应含有社会问题、科学常识等等，而自己又没甚把握，姑且就他所知的一两种拉来凑数，你就像问道于盲了。同时，你要知道读书好比探险，也不能全靠别人指导，你自己也须得费些功夫去搜求。我从来没有听见有人按照别人替他定的“青年必读书十种”或“世界名著百种”读下去，便成就一个学者。别人只能介绍，抉择还要靠你自己。

关于读书方法，我不能多说，只有两点须在此约略提起。第一，凡值得读的书至少须读两遍。第一遍须快读，着眼在醒豁全篇大旨与特色。第二遍须慢读，须以批评态度衡量书的内容。第二，

① 现多译作陀思妥耶夫斯基。

读过一本书，须笔记纲要、精彩的地方和你自己的意见。记笔记不特可以帮助你记忆，而且可以逼得你仔细，刺激你思考。记着这两点，其他琐细方法便用不着说。各人天资习惯不同，你用哪种方法收效较大，我用哪种方法收效较大，不是一概论的。你自己终究会找出你自己的方法，别人决不能给你一个方单，使你可以依法炮制。

你嫌这封信太冗长了吧？下次谈别的问题，我当力求简短。再会！

你的朋友　孟实

谈作文

朋友：

我们对于许多事，自己愈不会做，愈望朋友做得好。我生平最大憾事就是对于美术和运动都一无所长。幼时薄视艺事为小技，此时亦偶发宏愿去学习，终苦于心劳力拙，怏怏然废去。所以每遇年幼好友，就劝他趁早学一种音乐，学一项运动。

其次，我极羡慕他人做得好文章。每读到一种好作品，看见自己所久想说出而说不出的话，被他人轻轻易易地说出来了，一方面固然以作者“先获我心”为快，而另一方面也不免心怀惭怍；唯其惭怍，所以每遇年幼好友，也苦口劝他练习作文，虽然明明知道人家会奚落我说：“你这样起劲谈作文，你自己的文章就做得‘蹩脚’！”

文章是可以练习的吗？迷信天才的人自然嗤着鼻子这样问。但是在一切艺术里，天资和人力都不可偏废。古今许多第一流作者大半都经过刻苦的推敲揣摩的训练。法国福楼拜尝费三个月的工夫做成一句文章；莫泊桑尝登门请教，福楼拜叫他把十年辛苦成就的稿本付之一炬，从新起首学描实境。我们读莫泊桑那样的极自然极轻巧极流利的小说，谁想到他的文字也是费功夫作出来的呢？我近来看见两段文章，觉得是青年作者应该悬为座右铭的，写在下面给你看看：

一段是从托尔斯泰的儿子Count Ilya Tolstoy所做的《回想录》（*Reminiscences*）里面译出来的，这段记载托尔斯泰著《安娜·卡列尼娜》（*Anna Karenina*）修稿时的情形。他说："《安娜·卡列尼娜》初登俄报*Vyetnik*时，底页都须寄吾父亲自己校对。他起初在纸边加印刷符号如删削句读等。继而改字，继而改句，继而又大加增删，到最后，那张底页便成百孔千疮，糊涂得不可辨识。幸吾母尚能认清他的习用符号以及更改增删。她尝终夜不眠替吾父誊清改过底页。次晨，她便把他很整洁的清稿摆在桌上，预备他下来拿去付邮。吾父把这清稿又拿到书房里去看'最后一遍'，到晚间这清稿又重新涂改过，比原来那张底页要更加糊涂，吾母只得再抄一遍。他很不安地向吾母道歉。'松雅吾爱，真对不起你，我又把你誊的稿子弄糟了。我再不改了。明天一定发出去。'但是明天之后又有明天。有时甚至于延迟几礼拜或几月。他总是说，'还有一处要再看一下'，于是把稿子再拿去改过。再誊清一遍。有时稿子已发出了，吾父忽然想到还要改几个字，便打电报去吩咐报馆替他改。"

你看托尔斯泰对文字多么谨慎，多么不惮烦！此外小泉八云给张伯伦教授（Prof.Chamberlain）的信也有一段很好的自白，他说：“……题目择定，我先不去运思，因为恐怕易生厌倦。我作文只是整理笔记。我不管层次，把最得意的一部分先急忙地信笔写下。写好了，便把稿子丢开，去做其他较适宜的工作。到第二天，我再把昨天所写的稿子读一遍，仔细改过，再从头至尾誊清一遍，在誊清中，新的意思自然源源而来，错误也呈现了，改正了。于是我又把他搁起，再过一天，我又修改第三遍。这一次是最重要的，结果总比原稿大有进步，可是还不能说完善。我再拿一片干净纸作最后的誊清，有时须誊两遍。经过这四五次修改以后，全篇的意思自然各归其所，而风格也就改定妥帖了。”

小泉八云以美文著名，我们读他这封信，才知道他的成功秘诀。一般人也许以为这样咬文嚼字近于迂腐。在青年心目中，这种训练尤其不合胃口。他们总以为能倚马千言、不加点窜的才算好角色。这种念头不知误尽多少苍生！在艺术田地里比在道德田地里，我们尤其要讲良心。稍有苟且，便不忠实。听说印度的甘地主办一种报纸，每逢作文之先，必斋戒静坐沉思一日夜然后动笔。我们以文字骗饭吃的人们对此能不愧死吗？

文章像其他艺术一样，“神而明之，存乎其人”，精微奥妙都不可言传，所可言传的全是糟粕。不过初学作文也应该认清路径，而这种路径是不难指点的。

学文如学画，学画可临帖，又可写生。在这两条路中间，写生自然较为重要。可是临帖也不可一笔勾销，笔法和意境在初学时总须从临帖中领会。从前中国文人学文大半全用临帖法。每人总须读过几百篇或几千篇名著，揣摩呻吟，至能背诵，然后执笔为文，手腕自然纯熟。欧洲文人虽亦重读书，而近代第一流作者大半由写生入手。莫泊桑初请教于福楼拜，福楼拜叫他描写一百个不同的面孔。霸若因为要描写吉普赛野人生活，便自已去和他们同住，可是这并非说他们完全不临帖。许多第一流作者起初都经过模仿的阶段。莎士比亚起初模仿英国旧戏剧作者。布朗宁起初模仿雪莱。陀思妥也夫斯基和许多俄国小说家都模仿雨果。我以为向一般人说法，临帖和写生都不可偏废。所谓临帖在多读书。中国现当新旧交替时代，一般青年颇苦无书可读。新作品寥寥有数，而旧书又受复古反动影响，为新文学家所不乐道。其实冬烘学究之厌恶新小说和白话诗，和新文学运动者之攻击读经和念古诗文，都是偏见。文学上只有好坏的分别，没有新旧的分别。青年们读新书已成时髦，用不着再提倡，我只劝有闲工夫有好兴致的人对于旧书也不妨去读读看。

读书只是一步预备的功夫，真正学作文，还要特别注意写生。要写生，须勤做描写文和记叙文。中国国文教员们常埋怨学生们不会做议论文。我以为这并不算奇怪。中学生的理解和知识大半都很贫弱，胸中没有议论，何能做得出议论文？许多国文教员们叫学生入手就做议论文，这是没有脱去科举时代的陋习。初学做议论文是容易走入空疏俗滥的路上去。我以为初学作文应该从描写文和记叙文入手，这两种文做好了，议论文是很容易办的。

这封信只就一时见到的几点说说。如果你想对于作文方法还要多知道一点，我劝你看看夏丏尊和刘薰宇两先生合著的《文章作法》。这本书有许多很精当的实例，对于初学是很有用的。

你的朋友　孟实

谈学问

这是一个大题目，不易谈；因为许多人对它有很大的误解，却又不能不谈。最大的误解在把学问和读书看成一件事。子弟进学校不说是“求学”而说是“读书”，学子向来叫作“读书人”，粗通外国文者在应该用“学习”（learn）或“治学”（study）等字时常用“阅读”（read）来代替。这种传统观念的错误影响到我国整个教育的倾向。各级学校大半把教育缩为知识传授，而知识传授的途径就只有读书，教员只是“教书人”。这种错误的观念如果不改正，教育和学问恐怕就没有走上正轨的希望。如果我们稍加思索，它也应该不难改正。学是学习，问是追问。世间可学习可追问的事理甚多，知识技能须学问，品格修养也还须学问；读书人须学问，农工商兵也还须学问，各行有各行的“行径”。学问是任何人对于任何事理，由不知求知，由不能求能的一套功夫。它的范围无限，人生一切活动，宇宙一切现象和真理，莫不包含在内。学问的方法甚多。人从堕地出世，没有一天不在学问。有些学问是由仿效得来的，也有些学问是由尝试、思索、体验和涵养得来的。读书不过是学问的方法之一种，它当然很重要，却并非唯一的。朱子教门徒，一再申说“读书乃学者第二事”。有许多读书人实在并非在做学问，也有许多实在做学问的人并不专靠读书，制造文字——书的要素——是一种绝大学问，而首先制造文字的人就根本无书可读。许多其他学问都可由此类推。子路的“何必读书然后为学”一句话本身并不错，孔子骂他，只是讨厌他说这话的动机在辩护让一个青年学子去做官，也并没有说它本身错。

一般人常埋怨现在青年对于学问没有浓厚的兴趣。就个人任教的经验说，我也有这样的观感。平心而论，这大半要归咎我们“教书人”。把学问看成“教书”“读书”一个错误的观念如果不全是我们养成的，至少我们未曾设法纠正。而且我们自己又没有好生学问，给青年学子树一个好榜样，可以激励他们的志气，提起他们的兴趣。此外，社会上一般人对于学问的性质和功用所存的误解也不无关系。近代西方学者常把纯理的学问和应用的学问分开，以为治应用的学问是有所为而为，治纯理的学问是无所为而为。他们怕学问全落到应用一条窄路上，尝设法替无所为而为的学问辩护，说它虽“无用”，却可满足人类的求知欲。这种用心很可佩服，而措词却不甚正确。学问起于生活的需要，世间绝没有一种学问无用，不过“用”的意义有广狭之别。学得一种学问，就可以有一种技能，拿它来应用于实际事业，如学得数学几何三角就可以去算账、测量、建筑、制造机械，这是最正常的“用”字的狭义。学得一点知识技能，就混得一种资格，可以谋一个职业，解决饭碗问题，这是功利主义的“用”字的狭义。但是学问的功用并不仅如此，我们甚至可以说，学问的最大功用并不在此。心理学者研究智力，有普通智力与特殊智力的分别；古人和今人品题人物，都有通才与专才的分别。学问的功用也可以说有“通”有“专”。治数学即应用于计算数量，这是学问的专用；治数学而变成一个思想缜密、性格和谐、善于立身处世的人，这是学问的通用。学问在实际上确有这种通用。就智慧说，学问是训练思想的工具。一个真正有学问的人必定知识丰富，思想锐敏，洞达事理，处任何环境，知道把握纲要，分析条理，解决困难。就性格说，学问是道德修养的途径。苏格拉底说得好，“知识即德行”。世间许多罪恶都起于愚昧，如果真正彻底明了一件事是好的，另一件事是坏的，一个人决不会睁着眼睛向坏的方面走。中国儒家讲学问，素来全重立身行己的功夫，一个学者应该是一个圣贤，不仅如现在所谓“知识分子”。

现在所谓“知识分子”的毛病在只看到学的狭义的“用”，尤其是功利主义的“用”。学问只是一种干禄的工具。我曾听到一位教授在编成一部讲义之后，心满意足地说：“一生吃着不尽了！”我又曾听到一位朋友劝导他的亲戚不让刚在中学毕业的儿子去就小事说：“你这种办法简直是吃稻种！”许多升学的青年实在只为着要让稻种发生成大量谷子，预备“吃着不尽”。所以大学里“出路”最广的学系如经济系、机械系之类常是拥挤不堪，而哲学系、数学系、生物学系诸“冷门”，就简直无人问津。治学问根本不是为学问本身，而是为着它的出路销场，在治学问时既是“醉翁之意不在酒”，得到出路销场后当然更是“得鱼忘筌”了。在这种情形之下的我们如何能期望青年学生对于学问有浓厚的兴趣呢？

这种对于学问功用的窄狭而错误的观念必须及早纠正。生活对于有生之伦是唯一的要务，学问是为生活。这两点本是天经地义。不过现代中国人的错误在把“生活”只看成口腹之养。“谋生活”与“谋衣食”在流行语中是同一意义。这实在是错误得可怜可笑。人有肉体，有心灵。肉体有它的生活，心灵也应有它的生活。肉体需要营养，心灵也不能“辟谷”。肉体缺乏营养，必酿成饥饿病死；心灵缺乏营养，自然也要干枯腐化。人为万物之灵，就在他有心灵或精神生活。所以测量人的成就并不在他能否谋温饱，而在他有无丰富的精神生活。一个人到了只顾衣食饱暖而对于真善美漫不感觉兴趣时，他就只能算是一种“行尸走肉”，一个民族到了只顾体肤需要而不珍视精神生活的价值时，它也就必定逐渐没落了。

学问是精神的食粮，它使我们的精神生活更加丰富。肚皮装得饱饱的，是一件乐事，心灵装得饱饱的，是一件更大的乐事。一个人在学问上如果有浓厚的兴趣、精深的造诣，他会发现万事万物各有一个妙理在内，他会发现自己的心涵蕴万象，澄明通达，时时有寄托，时时在生展，这种人的生活决不会干枯，他也决不会做出卑污下贱的事。《论语》记“颜子在陋巷，一箪食，一瓢饮，人不堪其忧，回也不改其乐”。孔子赞他“贤”，并不仅因为他能安贫，尤其因为他能乐道，换句话说，他有极丰富的精神生活。宋儒教人体会颜子所乐何在，也恰抓着紧要处。我们现在的人不但不能了解这种体会的重要，而且把它看成道学家的迂腐。这在民族文化上是一个极严重的病象，必须趁早设法医治。

中国语中“学”与“问”连在一起说，意义至为深妙，比西文中相当的译词如learning，study，science诸字都好得多。人生来有向上心，有求知欲，对于不知道的事物欢喜发疑问。对于一种事物发生疑问，就是对于它感觉兴趣。既有疑问，就想法解决它，几经摸索，终于得到一个答案，于是不知道的变为知道的，所谓“一旦豁然贯通”，这便是学有心得。学原来离不掉问，不会起疑问就不会有学。许多人对于一种学问不感觉兴趣，原因就在那种学问对于他们不成问题，没有什么逼得他们要求知道。但是学问的好处正在原来有问题的可以变成没有问题，原来没有问题的也可以变成有问题。前者是未知变成已知，后者是发现貌似已知究竟仍为未知。比如说逻辑学，一个中学生学过一年半载，看过一部普通教科书，觉得命题、推理、归纳、演绎之类都讲得妥妥帖帖，了无疑义。可是他如果进一步在逻辑学上面下一点研究功夫，便会发现他从前认为透懂的几乎没有一件不成为问题，没有一件不曾经许多学者辩论过。他如果再更进一步去讨探，他会自己发现许多有趣的问题，并且觉悟到他自己一辈子也不一定能把这些问题都解决得妥妥帖帖。逻辑学是一科比较不幼稚的学问，犹且如此，其他学问更可由此类推了。一个人对于一种学问如果肯钻进里面去，必须使有问题的变为没有问题（这便是问），疑问无穷，发现无穷，兴趣也就无穷。学问之难在此，学问之乐也就在此。一个人对于一种学问说是不感兴趣，那只能证明他不用心，不努力下功夫，没有钻进里面去。世间决没有自身无兴趣的学问，人感觉不到兴趣，只由于人的愚昧或懒惰。

学与问相连，所以学问不只是记忆而必是思想，不只是因袭而必是创造。凡是思想都是由已知推未知，创造都是旧材料的新综合，所以思想究竟须从记忆出发，创造究竟须从因袭出发。由记忆生思想，由因袭生创造，犹如吸收食物加以消化之后变为生命的动力。食而不化固然是无用，不食而求化也还是求无中生有。向来论学问的话没有比孔子的“学而不思则罔，思而不学则殆”两句更为精深透辟。学原有“效”义，研究儿童心理学者都知道学习大半基于因袭或模仿。这里所谓“学”是偏重吸收前人已有的知识和经验。思是自己运用脑筋，一方面求所学得的能融会贯通，井然有条，一方面由疑难启发新知识与新经验。一般学子有两种通弊，一种是聪明人所常犯着的，他们过于相信自己的思考力而忽略前人的成就。其实每种学问都有长久的历史，其中每一个问题都曾经许多人思虑过，讨论过，提出过种种不同的解答，你必须明白这些经过，才可以利用前人的收获，免得绕弯子甚至于走错路。比如说生物学上的遗传问题，从前雷马克、达尔文、魏意斯曼、孟德尔诸大家已经做过许多实验，得到许多观察，用过许多思考。假如你对于他们的工作茫无所知或是一笔抹煞，只凭你自己的聪明才力来解决遗传问题，这岂不是狂妄？世间这种“思而不学”的人正甚多，他们不知道这种凭空构造的“殆”。另外一种通弊是资质较钝而肯用功的人所常犯的。他们一味读死书，古人所说的无论正确不正确，都不分皂白地接受过来，吟咏赞叹，自己毫不用思考求融会贯通，更没有一点冒险的精神，自己去求新发现，这是“学而不思”，孔子对于这种办法所下的评语是“罔”，意思就是说无用。

学问全是自家的事。环境好、图书设备充足、有良师益友指导启发，当然有很大的帮助。但是这些条件具备不一定能保障一个人在学问上有成就，世间也有些在学问上有成就的人并不具这些条件。最重要的因素是个人自己的努力。学问是一件艰苦的事，许多人不能忍耐它所必经的艰苦。努力之外，第二个重要的因素是认清方向与门径。入手如果走错了路，愈努力则入迷愈深，离题愈远。比如学写字、诗文或图画，一走上庸俗恶劣的路，后来如果想把它丢开，比收覆水还更困难，习惯的力量比什么都较沉重，世上有许多人像在努力做学问，只是陷入“野狐禅”，高自期许而实荒谬绝伦，这个毛病只有良师益友可以挽救。学校教育，在我想，只有两个重要的功用，第一是启发兴趣，其次就是指点门径。现在一般学校不在这两方面努力，只尽量灌输死板的知识。这种教育对于学问不仅无裨益而且是障碍！

谈升学与选课

朋友：

你快要在中学毕业，此时升学问题自然常在脑中盘旋。这一着也是人生一大关键，所以，值得你慎而又慎。

升学问题分析起来便成为两个问题，第一是选校问题，第二是选科问题。这两个问题自然是密切相关的，但是为说话清晰起见，分开来说，较为便利。

我把选校问题放在第一，因为青年们对于选校是最容易走入迷途的。现在中国社会还带有科举时代的资格迷。比方小学才毕业便希望进中学，大学才毕业便希望出洋，出洋基本学问还没有做好，便希望掇拾中国古色斑斑的东西去换博士。学校文凭只是一种找饭碗的敲门砖。学校招牌愈亮，文凭就愈行，实学是无人过问的。社会既有这种资格迷，而资格买卖所便乘机而起。租三间铺面，拉拢一个名流当“名誉校长”，便可挂起一个某某大学的招牌。只看上海一隅，大学的总数比较英或法全国大学的总数似乎还要超过，谁说中国文化没有提高呢？大学既多，只是称“大学”还不能动听，于是“大学”之上又冠以“美国政府注册”的头衔。既“大学”而又在“美国政府注册”，生意自然更加茂盛了。何况许多名流又肯“热心教育”做“名誉校长”呢？

朋友，可惜这些多如牛毛的大学都不能解决我们升学的困难，因为那些有“名誉校长”或是“美国政府注册”的大学，是预备让有钱可花的少爷公子们去逍遥岁月，像你我们既无钱可花，又无时光可花，只好望望然去吧。好在它们的生意并不会因我们“杯葛”而低落的，我们求学最难得的是诚恳的良师与和爱的益友，所以选校应该以有无诚恳、和爱的空气为准。如果能得这种学校空气，无论是大学不是大学，我们都可以心满意足。做学问全赖自己，做事业也全赖自己，与资格都无关系。我看过许多留学生程度不如本国大学生，许多大学生程度不如中学生。至于凭资格去混事做，学校的资格在今日是不大高贵的，你如果作此想，最好去逢迎奔走，因为那是一条较捷的路径。

升学问题，跨进大学门限以后，还不能算完全解决。选科选课还得费你几番踌躇。在选课的当儿，个人兴趣与社会需要常不免互相冲突。许多人升学选课都以社会需要为准。从前人都欢迎速成法政；我在中学时代，许多同学都希望进军官学校或是教会大学；我进了高等师范，那要算是穷人末路。那时高等师范里最时髦的是英文科，我选了国文科，那要算是腐儒末路。杜威来中国时，哥伦比亚大学的留学生把教育学也弄得很热闹。近来书店逐渐增多，出诗文集一天容易似一天，文学的风头也算是出得十足透顶。听说现在法政经济又很走时了。朋友，你是学文学或是学法政呢！“学以致用”本来不是一种坏的主张；但是资禀兴趣人各不同，你假若为社会需要而忘却自己，你就未免是一位“今之学者”了。任何科目，只要和你兴趣资禀相近，都可以发挥你的聪明才力，都可以使你效用于社会。所以你选课时，旁的问题都可以丢开，只要问：“这门功课合我的胃口吗？”

我时常想，做学问，做事业，在人生中都只能算是第二桩事。人生第一桩事是生活。我所谓“生活”是“享受”，是“领略”，是“培养生机”。假若为学问为事业而忘却生活，那种学问事业在人生中便失其真正意义与价值。因此，我们不应该把自己看作社会的机械。一味迎合社会需要而不顾自己兴趣的人，就没有明白这个简单的道理。

我把生活看作人生第一桩要事，所以不赞成早谈专门；早谈专门便是早走狭路，而早走狭路的人对于生活常不能见得面面俱到。前天G君对我谈过一个故事，颇有趣，很可说明我的道理。他说，有一天，一个中国人、一个印度人和一位美国人游历，走到一个大瀑布前面，三人都看得发呆。中国人说：“自然真是美丽！”印度人说：“在这种地方才见到神的力量呢！”美国人说：“可惜偌大水力都空费了！”这三句话各各不同，各有各的真理，也各有各的缺陷。在完美的世界里，我们在瀑布中应能同时见到自然的美丽、神力的广大和水力的实用。许多人因为站在狭路上，只能见到诸方面的某一面，便说他人所见到的都不如他的真确。前几年大家曾像煞有介事地争辩哲学和科学，争辩美术和宗教，不都是坐井观天诬天渺小吗？

我最怕和谈专门的书呆子在一起，你同他谈话，他三句话就不离本行。谈到本行以外，旁人所以为兴味盎然的事物，他听之则麻木不能感觉。像这样的人是因为做学问而忘记生活了。我特地提出这一点来说，因为我想现在许多人大谈职业教育，而不知单讲职业教育也颇危险。我并非反对职业教育，我却深深地感觉到职业教育应该有宽大自由教育（liberal education）做根底。倘若先没有多方面的宽大自由教育做根底，则职业教育的流弊，在个人方面，常使生活单调乏味，在社会方面，常使文化肤浅褊狭。

许多人一开口就谈专门（specialization），谈研究（research work）。他们说，欧美学问进步所以迅速，由于治学尚专门。原来不专则不精，固是自然之理，可是“专”也并非是任何人所能说的。倘若基础树得不宽广，你就是“专”，也决不能“专”到多远路。自然和学问都是有机的系统，其中各部分常息息相通，牵此则动彼。倘若你对于其他各部分都茫无所知，而专门研究某一部分，实在是不可能的。哲学和历史，须有一切学问做根底；文学与哲学、历史也密切相关；科学是比较可以专习的，而实亦不尽然。比方生物学，要研究到精深的地步，不能不通化学，不能不通物理学，不能不通地质学，不能不通数学和统计学，不能不通心理学。

许多人连动物学和植物学的基础也没有，便谈专门研究生物学，是无异于未学爬而先学跑的。我时常想，学问这件东西，先要能博大而后能精深。“博学守约”，真是至理名言。亚理斯多德[1]是种种学问的祖宗。康德在大学里几乎能担任一切功课的教授。歌德盖代文豪而于科学上也很有建树。亚当·斯密是英国经济学的始祖，而他在大学是教授文学的。近如罗素，他对于数学、哲学、政治学样样都能登峰造极。这是我信笔写来的几个确例。西方大学者（尤其是在文学方面）大半都能同时擅长几种学问的。

我从前预备再做学生时，也曾痴心妄想过专门研究某科中的某某问题。来欧以后，看看旁人做学问所走的路径，总觉悟像我这样浅薄，就谈专门研究，真可谓“颜之厚矣”！我此时才知道从前在国内听大家所谈的“专门”是怎么一回事。中国一般学者的通病就在不重根基而侈谈高远。比方“讲东西文化”的人，可以不通哲学，可以不通文学和美术，可以不通历史，可以不通科学，可以不懂宗教，而信口开河，凭空立说；历史学者闻之窃笑，科学家闻之窃笑，文艺批评学者闻之窃笑，只是发议论者自己在那里洋洋得意。再比方著世界文学史的人，法国文学可以不懂，英国文学可以不懂，德国文学可以不懂，希腊文学可以不懂，中国文学可以不懂，而东抄西袭，堆砌成篇，使法国文学学者见之窃笑，英国文学学者见之窃笑，中国文学学者见之窃笑，只是著书人在那里大吹喇

① 现多译作亚里士多德。

叭。这真所谓“放屁放屁，真正岂有此理”！

朋友，你就是升到大学里去，千万莫要染着时下习气，侈谈高远而不注意把根基打得宽大稳固。我和你相知甚深，客气话似用不着说。我以为你在中学所打的基本学问的基础还不能算是稳固，还不能使你进一步谈高深专门的学问。至少在大学头一二年中，你须得尽力多选功课，所谓多选功课，自然也有一个限制。贪多而不务得，也是一种毛病。我是说，在你的精力时间可能范围以内，你须极力求多方面的发展。

最后，我这番话只是对你的情形而发的。我不敢说一切中学生都要趁着这条路走。但是对于预备将来专门学某一科而谋深造的人——尤其是所学的关于文哲和社会科学方面——我的忠告总含有若干真理。

同时，我也很愿听听你自己的意见。

你的朋友　孟实

文学与人生

文学是以语言文字为媒介的艺术。就其为艺术而言，它与音乐图画雕刻及一切号称艺术的制作有共同性：作者对于人生世相都必有一种独到的新鲜的观感，而这种观感都必有一种独到的新鲜的表现；这观感与表现即内容与形式，必须打成一片，融合无间，成为一种有生命的和谐的整体，能使观者由玩索而生欣喜。达到这种境界，作品才算是“美”。美是文学与其他艺术所必具的特质。就其以语言文字为媒介而言，文学所用的工具就是我们日常运思说话所用的工具，无待外求，不像形色之于图画雕刻，乐声之于音乐。每个人不都能运用形色或音调，可是每个人只要能说话就能运用语言，只要能识字就能运用文字。语言文字是每个人表现情感思想的一套随身法宝，它与情感思想有最直接的关系。因为这个缘故，文学是一般人接近艺术的一条最直截简便的路；也因为这个缘故，文学是一种与人生最密切相关的艺术。

我们把语言文字连在一起说，是就文化现阶段的实况而言，其实在演化程序上，先有口说的语言而后有手写的文字，写的文字与说的语言在时间上的距离可以有数千年乃至数万年之久，到现在世间还有许多民族只有语言而无文字。远在文字未产生以前，人类就有语言，有了语言就有文学。文学是最原始的也是最普遍的一种艺术。在原始民族中，人人都欢喜唱歌，都欢喜讲故事，都欢喜戏拟人物的动作和姿态。这就是诗歌、小说和戏剧的起源。于今仍在世间流传的许多古代名著，像中国的《诗经》，希腊的荷马史诗，欧洲中世纪的民歌和英雄传说，原先都由口头传诵，后来才被人用文字写下来。在口头传诵的时期，文学大半是全民众的集体创作。一首歌或是一篇故事先由一部分人倡始，一部分人随和，后来一传十，十传百，辗转相传，每个传播的人都贡献一点心裁把原文加以润色或增损。我们可以说，文学作品在原始社会中没有固定的著作权，它是流动的，生生不息的，集腋成裘的。它的传播期就是它的生长期，它的欣赏者也就是它的创作者。这种文学作品最能表现一个全社会的人生观感，所以从前关心政教的人要在民俗歌谣中窥探民风国运，采风观乐在春秋时还是一个重要的政典。我们还可以进一步说，原始社会的文学就几乎等于它的文化；它的历史、政治、宗教、哲学等等都反映在它的诗歌、神话和传说里面。希腊的神话史诗，中世纪的民歌传说以及近代中国边疆民族的歌谣、神话和民间的故事都可以为证。

口传的文学变成文字写定的文学，从一方面看，这是一个大进步，因为作品可以不纯由记忆保存，也不纯由口诵流传，它的影响可以扩充到更久更远。但从另一方面看，这种变迁也是文学的一个厄运，因为识字另需一番教育，文学既由文字保存和流传，文字便成为一种障碍，不识字的人便无从创造或欣赏文学，文学便变成一个特殊阶级的专利品。文人成了一个特殊阶级，而这阶级化又随社会演进而日趋尖锐，文学就逐渐和全民众疏远。这种变迁的坏影响很多。第一，文学既与全民众疏远，就不能表现全民众的精神和意识，也就不能从全民众的生活中吸收力量与滋养，它就不免由窄狭化而传统化、形式化、僵硬化。其次，它既成为一个特殊阶级的兴趣，它的影响也就限于那个特殊阶级，不能普及于一般人，与一般人的生活不发生密切关系，于是一般人就把它认为无足轻重。文学在文化现阶段中几已成为一种奢侈，而不是生活的必需。在最初，凡是能运用语言的人都爱好文学；后来文字产生，只有识字的人才能爱好文学；现在连识字的人也大半不能爱好文学，甚至有一部分人鄙视或仇视文学，说它的影响不健康或根本无用。在这种情形之下，一个人要想郑重其事地来谈文学，难免有几分心虚胆怯，他至少须说出一点理由来辩护他的不合时宜的举动。这篇开场白就是替以后陆续发表的十几篇谈文学的文章作一个辩护。

先谈文学有用无用问题。一般人嫌文学无用，近代有一批主张“为文艺而文艺”的人却以为文学的妙处正在它无用。它和其他艺术一样，是人类超脱自然需要的束缚而发出的自由活动。比如说，茶壶有用，因能盛茶，是壶就可以盛茶，不管它是泥的瓦的扁的圆的，自然需要止于此。但是人不以此为满足，制壶不但要能盛茶，还要能娱目赏心，于是在质料、式样、颜色上费尽机巧以求美观。就浅狭的功利主义看，这种功夫是多余的、无用的；但是超出功利观点来看，它是人自作主宰的活动。人不惮烦要作这种无用的自由活动，才显得人是自家的主宰，有他的尊严，不只是受自然驱遣的奴隶；也才显得他有一片高尚的向上心。要胜过自然，要弥补自然的缺陷，使不完美的成为完美。文学也是如此。它起于实用，要把自己所知所感的说给旁人知道；但是它超过实用，要找好话说，要把话说得好，使旁人在话的内容和形式上同时得到愉快。文学所以高贵，值得我们费力探讨，也就在此。

这种“为文艺而文艺”的看法确有一番正当道理，我们不应该以浅狭的功利主义去估定文学的身价。但是我以为我们纵然退一步想，文学也不能说是完全无用。人之所以为人，不只因为他有情感思想，尤在他能以语言文字表现情感思想。试假想人类根本没有语言文字，像牛羊犬马一样，人类能否有那样光华灿烂的文化？文化可以说大半是语言文字的产品。有了语言文字，许多崇高的思想，许多微妙的情境，许多可歌可泣的事迹才能那样流传广播，由一个心灵出发，去感动无数心灵，去启发无数心灵的创造。这感动和启发的力量大小与久暂，就看语言文字运用得好坏。在数千载之下，《左传》《史记》所写的人物事迹还活现在我们眼前，若没有左丘明、司马迁的那种生动的文笔，这事如何能做到？在数千载之下，柏拉图的《对话集》所表现的思想对于我们还是那么亲切有趣，若没有柏拉图的那种深入而浅出的文笔，这事又如何能做到？从前也许有许多值得流传的思想与行迹，因为没有遇到文人的点染，就湮没无闻了。我们自己不时常感觉到心里有话要说而说不出的苦楚吗？孔子说得好："言之无文，行之不远。"单是"行远"这一个功用就深广不可思议。

柏拉图、卢梭、托尔斯泰和程伊川都曾怀疑到文学的影响，以为它是不道德的或是不健康的。世间有一部分文学作品确有这种毛病，本无可讳言，但是因噎不能废食，我们只能归咎于作品不完美，不能断定文学本身必有罪过。从纯文艺观点看，在创作与欣赏的聚精会神的状态中，心无旁涉，道德的问题自无从闯入意识阈。纵然离开美感态度来估定文学在实际人生中的价值，文艺的影响也决不会是不道德的，而且一个人如果有纯正的文艺修养，他在文艺方面所受的道德影响可以比任何其他体验与教训的影响更较深广。"道德的"与"健全的"原无二义。健全的人生理想是人性的多方面的谐和的发展，没有残废也没有臃肿。譬如草木，在风调雨顺的环境之下，它的一般生机总是欣欣向荣，长得枝条茂畅、花叶扶疏。情感思想便是人的生机，生来就需要宣泄生长，发芽开花。有情感思想而不能表现，生机便遭窒塞残损，好比一株发育不完全而呈病态的花草。文艺是情感思想的表现，也就是生机的发展，所以要完全实现人生，离开文艺决不成。世间有许多对文艺不感兴趣的人干枯浊俗，生趣索然，其实都是一些精神方面的残废人，或是本来生机就不畅旺，或是有畅旺的生机因为窒塞而受摧残。如果一种道德观要养成精神上的残废人，它的本身就是不道德的。

表现在人生中不是奢侈而是需要，有表现才能有生展，文艺表现情感思想，同时也就滋养情感思想使它生展。人都知道文艺是“怡情养性”的。请仔细玩索“怡养”两字的意味！性情在怡养的状态中，它必定是健旺的、生发的、快乐的。这“怡养”两字却不容易做到，在这纷纭扰攘的世界中，我们大部分时间与精力都费在解决实际生活问题，奔波劳碌，很机械地随着疾行车流转，一日之中能有几许时刻回想到自己有性情？还论怡养！凡是文艺都是根据现实世界而铸成另一超现实的意象世界，所以它一方面是现实人生的返照，一方面也是现实人生的超脱。在让性情怡养在文艺的甘泉时，我们霎时间脱去尘劳，得到精神的解放，心灵如鱼得水地徜徉自乐；或是用另一个比喻来说，在干燥闷热的沙漠里走得很疲劳之后，在清泉里洗一个澡，绿树荫下歇一会儿凉。世间许多人在劳苦里打翻转，在罪孽里打翻转，俗不可耐，苦不可耐，原因只在洗澡歇凉的机会太少。

从前中国文人有“文以载道”的说法，后来有人嫌这看法的道学气太重，把“诗言志”一句老话抬出来，以为文学的功用只在言志；释志为“心之所之”，因此言志包含表现一切心灵活动在内。文学理论家于是分文学为“载道”“言志”两派，仿佛以为这两派是两极端，绝不相容——“载道”是“为道德教训而文艺”，“言志”是“为文艺而文艺”。其实这问题的关键全在“道”字如何解释。如果释“道”为狭义的道德教训，载道就显然小看了文学。文学没有义务要变成劝世文或是修身科的高头讲章。如果释“道”为人生世相的道理，文学就决不能离开“道”，“道”就是文学的真实性。志为心之所之，也就要合乎“道”，情感思想的真实本身就是“道”，所以“言志”即“载道”，根本不是两回事，哲学科学所谈的是“道”，文艺所谈的仍然是“道”。所不同者，哲学科学的道是抽象的，是从人生世相中抽绎出来的，好比从盐水中提出来的盐；文艺的道是具体的，是含蕴在人生世相中的，好比盐溶于水，饮者知咸，却不辨何者为盐，何者为水。用另一个比喻来说，哲学科学的道是客观的、冷的、有精气而无血肉的；文艺的道是主观的、热的，通过作者的情感与人格的渗沥，精气与血肉凝成完整生命的。换句话说，文艺的“道”与作者的“志”融为一体。

我常感觉到，与其说“文以载道”，不如说“因文证道”。《楞严经》记载佛有一次问他的门徒从何种方便之门，发菩提心，证圆通道。几十个菩萨罗汉轮次起答，有人说从声音，有人说从颜色，有人说从香味，大家总共说出二十五个法门（六根、六尘、六识、七大，每一项都可成为证道之门）。读到这段文章，我心里起了一个幻想，假如我当时在座，轮到我起立作答时，我一定说我的方便之门是文艺。我不敢说我证了道，可是从文艺的玩索，我窥见了道的一斑。文艺到了最高的境界，从理智方面说，对于人生世相必有深广的观照与彻底的了解，如阿波罗凭高远眺，华严世界尽成明镜里的光影，大有佛家所谓万法皆空，空而不空的景象；从情感方面说，对于人世悲欢好丑必有平等的真挚的同情、冲突化除后的谐和、不沾小我利害的超脱、高等的幽默与高等的严肃，成为相反者之同一。柏格森说世界时时刻刻在创化中，这好比一个无始无终的河流，孔子所看到的“逝者如斯夫，不舍昼夜”，希腊哲人所看到的“濯足清流，抽足再入，已非前水”，所以时时刻刻有它的无穷的兴趣。抓住某一时刻的新鲜景象与兴趣而给予永恒的表现，这是文艺。一个对于文艺有修养的人决不感觉到世界的干枯或人生的苦闷。他自己有表现的能力固然很好，纵然不能，他也有一双慧眼看世界，整个世界的动态便成为他的诗、他的图画、他的戏剧，让他的性情在其中“怡养”。到了这种境界，人生便经过了艺术化，而身历其境的人，在我想，可以算是一个有“道”之士。从事于文艺的人不一定都能达到这个境界，但是它究竟不失为一个崇高的理想，值得追求，而且在努力修养之后，可以追求得到。

人文方面几类应读的书

百川先生：

暑中我因校事赴成都，最近回校才看到中周社转来黄梅先生的信，提议要我开一个为获得现代公民常识所必读的书籍目录。这很使我为难，一则我目前极忙，没有工夫仔细斟酌；二则我所学的偏重人文方面，对于社会科学和自然科学都是外行。读书不是一件死板的事，一个方单不能施诸人人而有效。各人的环境、天资、修养和兴趣都不能一笔抹煞。一个人在读书方面想有成就，明眼人的指导固大有裨益，自己的暗中摸索有时也不可少，因为失败的教训往往大于成功的。

读者既然要求一个目录，我姑且就我的能力所及，随便谈谈几类应读的书籍，不过要特别声明：这是我个人的意见，只能供参考，不敢希望每个人都依照。

第一，我以为一个人第一件应该明确的是他本国的文化演进、社会变迁以及学术思想和文艺的成就。这并不一定是出于执古守旧的动机。要前进必从一个基点出发，而一个民族已往的成就即是它前进出发的基点。知道它的长处所在和短处所在，我们才能知道哪些东西应发挥光大，哪些应弥补改革，也才能知道它在全人类文化中占何等位置，而我们自己如何对它有所贡献。我不是一个学历史者，但对于过去一切典籍，欢喜从历史的眼光去看。从前人有“六经皆史”的说法，其实不只是六经，一切典籍所载都可以当作史迹看。史是人类活动进展的轨迹，它的功用在观今鉴古，继往以开来。我赞成多读中国古典和西方古典，都是根据这个观点。每种学问都有一个渊源，知道渊源才可以溯理流派。知道渊源固不是三五部书所可了事。但是渊源又有渊源，我们先从最基本的着手，然后逐渐扩充，便不至于没有根底。

回到了解中国固有文化的问题，中国向来传统教育所着重的大政并不错。中国中心思想无疑的是儒家，而儒家的渊源的渊源在《论语》《孟子》和“五经”。无论从思想或是从艺术的观点看，《论语》都是一部绝妙的书，可以终身咀嚼，学用不尽的。我从前很欢喜《世说新语》，为的是它所写的魏晋人风度和所载的隽词妙语。近来以风度语言的标准去看《论语》，觉得以《世说新语》较《论语》，真是小巫见大巫。《孟子》比较是耍偏锋，露棱角，但是说理文之犀利痛快、明白晓畅，后来却没有人能赶得上。“五经”之中，流品不齐，《书经》是最古的政治史料，《易经》是最古的解释自然的企图，《诗经》为中国纯文学之祖，《春秋》为中国编年史之祖，《礼记》较晚出，内容颇驳杂，但是儒家思想见于此经者反比他经为多，其中如《檀弓》《学记》《乐记》《儒行》《礼运》《大学》《中庸》诸篇，妙文至理，是任何读书人不应放过的。诸子之中，老庄荀墨家最重要，次可略览《韩非子》《列子》《淮南子》及《吕氏春秋》。读先秦典籍不可不略通文字训诂，段玉裁的《说文解字注》最便于初学，王引之的《经传释词》颇有科学条理，亦可看。

要明白中国思想演进，佛典及宋元明理学都不可忽略，可惜我对此毫无研究，不敢多舌。我只能说，在佛典中我很爱读《六祖坛经》和《楞严经》，这也许是文人积习。在理学书籍中我觉得《近思录》和《传习录》很简便。史籍最浩繁，一般人可选读前四史，全读《资治通鉴》，遇重大事件翻阅《通鉴纪事本末》，遇重大问题翻阅“三通”。治一切学问都不可不明白史的背景，可惜我们至今没有一部完善的通俗的通史，近人张荫麟钱穆诸君所编的各有特见，但都只能算是草创。

文艺方面除着《楚辞》及陶杜诸集外，一般人可从选本入手。选本甚多，选者各有偏重，难得尽满人意。梁以前作品俱见于《昭明文选》，这是选学之祖，诗文兼收，为治辞章者所必读。后来选本比较适用的，文推姚姬传的《古文辞类纂》；诗推王渔洋的《古今诗选》、王壬秋的《八代诗选》、沈归愚的《古诗源》和《唐宋诗醇》、曾国藩的《十八家诗钞》；词推《花间集》、张惠言《词选》和朱彊邨的《宋词三百首》。曲读《西厢记》《琵琶记》《桃花扇》及其他数种；小说读《水浒》《红楼梦》及其他数种，对于一般人也就可知其梗概了。

在现代，一个人如果只读中国书，他的见解难免褊狭固陋，而且就是中国书也不一定能读得好。学术和其他事物一样，必以比较见优劣，必得新刺激才可产生新生命。读书人最低限度须通一个外国文，从翻译中窥外人文物思想，总难免隔靴搔痒，尤其是在现在我们的译品太少，而且大半不很可靠。

要明了一个文化，大约不外取两种程序。拿绘画来打比，或是先绘一个轮廓，然后点染枝节，由粗疏逐渐到细密；或是先累积枝节，逐渐造成一个轮廓，由日就月将而达到豁然贯通。这两种程序可以并行不悖，普通学者大半兼采这两个方法。治西方文史，为一般人说法，我主张偏重第一个方法。因为从枝节架轮廓，需要很长久的耐苦，如果枝节不够充实，所架成的轮廓也就一定不端正恰当。我们一般人对于西方文史所能花费的时间精力是有限的，想明白西方文化的轮廓，我们最好先读几部较好的历史。我们所感觉困难的是较好的历史大半是专史而不是通史。

从史学观点看，韦尔斯的《世界史纲》（有中译）也许不很完善，但对于一般人却是一部好书。关于近代的，Fisher的欧洲通史值得特别介绍。如果再求详尽精确，读者可参考Lavisse的通史（法文）和剑桥大学的中世纪和近代欧洲史。这都是权威著作，有很好的史籍目录可供采择。有时候小册书也很有用，比如谈古代欧洲的，像Livingstone：*Greek Genius and Its Meaning to Us*；Lowes

Dickenson：*Greek View of Life*；Warde-Fowler：*City-state in Grecce and Rome*，都非常好。

欧洲文化，大概地说，有三个重要来源：一是希腊的，科学哲学的思想和文艺作品都是后来的模范；一是希伯来的，宗教信仰大半是它的贡献；一是条顿的，继承希腊精神而发挥为近代科学与工商业文化。在这三个成分中，希腊文化最重要也最难了解，它的内容太丰富而且它离我们也太久远。我们最好先从文艺入手。希腊人最擅长的是造型艺术，雕刻尤其精妙，图画建筑和陶器次之。读者最好择一部希腊艺术史，仔细玩味原迹的照片或图形。从这中间他可领略一些希腊人的生活风味。再进一步他就应该读《荷马史诗》，希腊的社会人情风俗及人生理想可于此窥见一斑，再加上几部悲剧代表作，对于希腊人的印象就更明了了。

在思想方面，柏拉图的《对话集》最好能全读，至少也应读《理想国》，这是用对话体写的。从古到今，没有一个哲学家能像柏拉图那样面面俱到，深入浅出，用极寻常而幽美的文字传极深奥的道理。要做一个循规蹈矩的哲学家，读柏拉图是最好的门径；要引起一点哲学的兴趣，训练一点哲学的头脑，读柏拉图也比读任何其他哲学家强。亚理斯多德比较干枯，但是很谨严细密，能把他的《伦理学》看一遍也很好。此外，我们可读晚出的普鲁塔克的《英雄传》。这是拿罗马伟人和希腊伟人对照的传记，可以见出那时代人物的生活和风格。罗马时代的著作无甚特创，不是专习文学哲学的人就把它完全丢开也无大妨碍。

希伯来的经典流行的只有一部《圣经》。这部书在西方的影响大概超过任何一部书之上。它分《旧约》《新约》两部分。《旧约》是犹太教的经典，大部分是犹太的历史和宗教家的训词。《新约》记耶稣生平言行及耶稣教传播的经过。一般人对《圣经》不必全读，《旧约》中读《创世纪》《出埃及记》《约伯传》《颂诗》数篇，《新约》中读任何一个《福音》也就够了。

中世纪常被人误认为“黑暗贫乏”，其实中世纪民众艺术，如雕刻、建筑、图画、诗歌、传奇之类，是很光华灿烂的。读者可择看一部较详尽的艺术史（如Michet所著的），读一两部传奇（如《罗兰之歌》《亚瑟王传》之类），再加上一两部耶教大师的著作（如《圣奥古斯丁自传》之类），对于中世纪人的丰富的内心生活便可知其梗概。但丁是文艺复兴的初期大师，他的《神曲》不可不读。较软性的读物有薄伽丘的《十日谈》和塞万提斯的《堂吉诃德》。文艺复兴期的最具体的成就仍在造型艺术，读者可看Vasari的《艺人传》和Beransen的《意大利画》。

近代欧洲学术分野逐渐细密，著述也更浩繁，我们很不容易介绍几部书来代表一个时代。在思想方面，卢梭的影响最大，他的《自传》[1]和《民约论》[2]是了解近代欧洲的一个钥匙。正统派哲学家自然要推康德和他们的唯心派的继承人。但是他们的作品大半难

---

① 现多译作《忏悔录》。

② 现多译作《社会契约论》。

读，一般读者如能去硬啃康德的《纯粹理性批判》和黑格尔的《逻辑学》固然顶好，否则看一两部较好的哲学史也可略见一斑（通行的有Rogers，Thilly，Weber，Windelband所著的都可用）。在文艺方面，各国都有特殊的造诣，一般读者要想面面俱到，实不可能，只能就他们所懂的文字和兴趣所偏重的去下功夫。那就成了专门学问，我们不能在这里介绍书目。我们为一般人说法，只能介绍几位登峰造极的作者，比如说，一个普通读者如能就莎士比亚的剧本，莫利哀[①]的喜剧，歌德的诗文集，易卜生的剧本，屠格涅夫、托尔斯泰、陀思妥也夫斯基诸人的小说集中各选读三数种，也就很可观了。

社会科学和自然科学非本文范围所及。但有几部虽为科学专著而已成古典的书籍不能不约略提及，例如达尔文的《物种源始》，亚当·斯密的《原富》，穆勒的《群己权界论》[②]，里波、詹姆斯和弗洛伊德的心理学著作，马克思的《资本论》，佛来柔的《金枝》（Frager：*Golden Bough*），都有很广泛的读者，并不限于专门家。

本文匆匆写就，可议的地方自知甚多。但是我相信，如果读者将这寥寥数十部书仔细读过，他对于人类文化的解了不会很错误。我希望关于社会科学和自然科学的书籍另有知道清楚的人去拟一个

① 现多译作莫里哀。

② 现多译作《论自由》。

目录。

如果你觉得这信对于读者有若干帮助，即请借贵刊披露，并以答黄梅先生。

朱光潜

辑二 心若盛开风自来

你自己是什么样的人，就会得到什么样的朋友。你拿一分真心待人，人也就会拿一分真心待你，你所『取』如何，就看你所『与』如何。

谈交友

人生的快乐有一大半要建筑在人与人的关系上面。只要人与人的关系调处得好，生活没有不快乐的。许多人感觉生活苦恼，原因大半在没有把人与人的关系调处适宜。这人与人的关系在我国向称为“人伦”。在人伦中先儒指出五个最重要的，就是君臣、父子、夫妇、兄弟、朋友。这五伦之中，父子、夫妇、兄弟起于家庭，君臣和朋友起于国家社会。先儒谈伦理修养，大半在五伦上做功夫，以为五伦上面如果无亏缺，个人修养固然到了极境，家庭和国家社会也就自然稳固了。五伦之中，朋友一伦的地位很特别，它不像其他四伦都有法律的基础，它起于自由的结合，没有法律的力量维系它或是限定它，它的唯一的基础是友爱与信义。但是它的重要性并不因此减少。如果我们把人与人中间的好感称为友谊，则无论是君臣、父子、夫妇或是兄弟之中，都绝对不能没有友谊。就字源说，在中西文里“友”字都含有“爱”的意义。无爱不成友，无爱也不成君臣、父子、夫妇或兄弟。换句话说，无论哪一伦，都非有朋友的要素不可，朋友是一切人伦的基础。懂得处友，就懂得处人；懂得处人，就懂得做人。一个人在处友方面如果有亏缺，他的生活不但不能是快乐的，而且也决不能是善的。

谁都知道，有真正的好朋友是人生一件乐事。人是社会的动物，生来就有同情心，生来也就需要同情心。读一篇好诗文，看一片好风景，没有一个人在身旁可以告诉他说："这真好呀！"心里就觉得美中有不足。遇到一件大喜事，没有人和你同喜，你的欢喜就要减少七八分。遇到一件大灾难，没有人和你同悲，你的悲痛就增加七八分。孤零零的一个人不能唱歌，不能说笑话，不能打球，不能跳舞，不能闹架拌嘴，总之，什么开心的事也不能做。世界最酷毒的刑罚要算幽禁和充军，逼得你和你所常接近的人们分开，让你尝无亲无友那种孤寂的风味。人必须接近人，你如果不信，请你闭关独居十天半个月，再走到十字街头在人群中挤一挤，你心里会感到说不出来的快慰，仿佛过了一次大瘾，虽然街上那些行人在平时没有一个让你瞧得上眼。人是一种怪物，自己是一个人，却要显得瞧不起人，要孤高自赏，要闭门谢客，要把心里所想的看成神妙不可言说，"不可与俗人道"，其实隐意识[1]里面唯恐人不注意自己，不知道自己，不赞赏自己。世间最欢喜守秘密的人往往也是最不能守秘密的人。他们对你说："我告诉你，你却不要告诉人。"他不能

① 即潜意识。

不告诉你，却忘记你也不能不告诉人。这所谓“不能”实在出于天性中一种极大的压迫力。人需要朋友，如同人需要泄露秘密，都由于天性中一种压迫力在驱遣。它是一种精神上的饥渴，不满足就可以威胁到生命的健全。

谁也都知道，朋友对于性格形成的影响非常重大。一个人的好坏，朋友熏染的力量要居大半。既看重一个人，把他当作真心朋友，他就变成一种受崇拜的英雄，他的一言一笑、一举一动都在有意无意之间变成自己的模范，他的性格就逐渐有几分变成自己的性格。同时，他也变成自己的裁判者，自己的一言一笑、一举一动，都要顾到他的赞许或非难。一个人可以蔑视一切人的毁誉，却不能不求见谅于知己。每个人身旁有一个“圈子”，这圈子就是他所常亲近的人围成的，他跳来跳去，常跳不出这圈子。在某一种圈子就成为某一种人。圣贤有道，盗亦有道。隔着圈子相视，尧可非桀，桀亦可非尧。究竟谁是谁非，责任往往不在个人而在他所在的圈子。古人说：“与善人交，如入芝兰之室，久而不闻其香；与恶人交，如入鲍鱼之市，久而不闻其臭。”久闻之后，香可以变成寻常，臭也可以变成寻常，习而安之，就不觉其为香为臭。一个人应该谨慎择友，择他所在的圈子，道理就在此。人是善于模仿的，模仿品的好坏，全看模型的好坏。有如素丝，染于青则青，染于黄则黄。“告诉我谁是你的朋友，我就知道你是怎样的一种人。”这句西谚确是经验之谈。《学记》论教育，一则曰“七年视论学取友”，再则曰“相观而善之谓摩”。从孔孟以来，中国士林向奉尊师敬友为立身治学的要道。这都是深有见于朋友的影响重大。师弟向不列于五伦，实包括于朋友一伦里面，师与友是不能分开的。

许叔重《说文解字》谓“同志为友”。就大体说，交友的原则是“同声相应，同气相求”。但是绝对相同在理论与事实都是不可能。“人心不同，各如其面”，这不同亦正有它的作用。朋友的乐趣在相同中容易见出；朋友的益处却往往在相异处才能得到。古人尝拿“如切如磋，如琢如磨”来譬喻朋友的交互影响。这譬喻实在是很恰当。玉石有瑕疵棱角，用一种器具来切磋琢磨它，它才能圆融光润，才能“成器”。人的性格也难免有瑕疵棱角，如私心、成见、骄矜、暴躁、愚昧、顽恶之类，要多受切磋琢磨，才能洗刷净尽，达到玉润珠圆的境界。朋友便是切磋琢磨的利器，与自己愈不同，磨擦愈多，切磋琢磨的影响也就愈大。这影响在学问思想方面最容易见出。一个人多和异己的朋友讨论，会逐渐发现自己的学说不圆满处，对方的学说有可取处，逼得不得不作进一层的思考，这样地对于学问才能逐渐鞭辟入里。在朋友互相切磋中，一方面被“磨”，一方面也在受滋养。一个人被“磨”的方面愈多，吸收外来的滋养也就愈丰富。孔子论益友，所以特重直谅多闻。一个不能有诤友的人永远是愚而好自用，在道德学问上都不会有很大的成就。

好朋友在我国语文里向来叫作“知心”或“知己”。“知交”也是一个习用的名词。这个语言的习惯颇含有深长的意味。从心理观点看，求见知于人是一种社会本能，有这本能，人与人才可免除隔阂，打成一片，社会才能成立。它是社会生命所借以维持的，犹如食色本能是个人与种族生命所借以维持的，所以它与食色本能同样强烈。古人尝以一死报知己，钟子期死后，伯牙不复鼓琴。这种行为在一般人看似近于过激，其实是由于极强烈的社会本能在驱遣。其次，从伦理哲学观点看，知人是处人的基础，而知人却极不易，因为深刻的了解必基于深刻的同情。深刻的同情只在真挚的朋友中才常发现。对于一个人有深交，你才能真正知道他。了解与同情是互为因果的，你对于一个人愈同情，就愈能了解他；你愈了解他，也就愈同情他。法国人有一句成语说："了解一切，就是宽容一切。"（tout comprendre，c'est tout pardonner）这句话说来像很容易，却是人生的最高智慧，需要极伟大的胸襟才能做到。古今有这种胸襟的只有几个大宗教家，像释迦牟尼和耶稣。有这种胸襟才能谈到大慈大悲；没有它，任何宗教都没有灵魂。修养这种胸怀的捷径是多与人做真正的好朋友，多与人推心置腹，从对于一部分人得到深刻的了解，做到对于一般人类起深厚的同情。从这方面看，交友的范围宜稍宽泛，各种人都有最好，不必限于自己同行同趣味的。蒙田在他的论文里提出一个很奇怪的主张，以为一个人只能有一个真正的朋友，我对这主张很怀疑。

交友是一件寻常事，人人都有朋友；交友却也不是一件易事，很少人有真正的朋友。势利之交固容易破裂，就是道义之交也有时不免闹意气之争。王安石与司马光、苏轼、程颢诸人在政治和学术上的倾轧便是好例。他们个个都是好人，彼此互有相当的友谊，而结果闹成和世俗人一般的翻云覆雨。交道之难，从此可见。从前人谈交友的话说得很多。例如“朋友有信”“久而敬之”“君子之交淡如水”，视朋友须如自己，要急难相助，须知护友之短，像孔子不假盖于悭吝朋友；要劝善规过，但“不可则止，无自辱焉”。这些话都是说起来颇容易，做起来颇难。许多人都懂得这些道理，但是很少人真正会和人做朋友。

孔子尝劝人“无友不如己者”，这话使我很惶惶不安。你不如我，我不和你做朋友，要我和你做朋友，就要你胜似我，这样我才能得益。但是这算盘我会打你也就会打，如果你也这么说，你我之间不就没有做朋友的可能吗？柏拉图写过一篇谈友谊的对话，另有一番奇妙议论。依他看，善人无须有朋友，恶人不能有朋友，善恶混杂的人才或许需要善人为友来消除他的恶，恶去了，友的需要也就随之消灭。这话显然与孔子的话有些抵牾。谁是谁非，我至今不能断定，但是我因此想到朋友之中，人我的比较是一个重要问题，而这问题又与善恶问题密切相关。我从前研究美学上的欣赏与创造问题，得到一个和常识不相通的结论，就是：欣赏与创造根本难分，每人所欣赏的世界就是每人所创造的世界，就是他自己的情趣和性格的返照；你在世界中能“取”多少，就看你在你的性灵中能提出多少“与”它，物与我之中有一种生命的交流，深人所见于物者深，浅人所见于物者浅。现在我思索这比较实际的交友问题，觉得它与欣赏艺术自然的道理颇可暗合默契。你自己是什么样的人，就会得到什么样的朋友。人类心灵常交感回流。你拿一分真心待人，人也就会拿一分真心待你，你所“取”如何，就看你所“与”如何。“爱人者人恒爱之，敬人者人恒敬之。”人不爱你敬你，就显得你自己有损缺。你不必责人，先须返求诸己。不但在情感方面如此，在性格方面也都是如此。友必同心，所谓“同心”是指性灵同在一个水准上。如果你我在性灵上有高低，我高就须感化你，把你提高到同样水准，你高也是如此，否则友谊就难成立。朋友往往是测量自己的一种最精确的尺度。你自己如果不是一个好朋友，就决不能希望得到一个好朋友。要是好朋友，自己须先是一个好人。我很相信柏拉图的“恶人不能有朋友”的那一句话。恶人可以做好朋友时，他在他方面尽管是坏，在能为好朋友一点上就可证明他还有人性，还不是一个绝对的恶人。说来说去，“同声相应，同气相求”那句老话还是对的，何以交友的道理在此，如何交友的方法也在此。交友和一般行为一样，我们应该常牢记在心的是“责己宜严，责人宜宽”。

谈英雄崇拜

关于英雄崇拜有两种相反的看法，依一种看法，英雄造时势，人类文化各方面的发端与进展都靠着少数伟大人物去倡导推动，多数人只在随从附和。一个民族有无伟大成就，要看他有无伟大人物，也要看他中间多数民众对于伟大人物能否倾倒敬慕，闻风兴起。卡莱尔在他的名著《英雄崇拜》里大致持这种看法。“世界历史，”他说，“人类在这世界上所成就的事业的历史，骨子里就是在当中工作的几个伟大人物的历史。”“英雄崇拜就是对于伟大人物的极高度的爱慕。在人类胸中没有一种情操比这对于高于自己者的爱慕更为高贵。”尼采的超人主义其实也是一种英雄崇拜主义涂上了一层哲学的色彩。但依另一种看法，时势造英雄，历史的原动力是多数民众，民众的努力造成每时代政教文化各方面的“大势所趋”，而所谓英雄不过顺承这“大势所趋”而加以尖锐化，并没有什么神奇。这是托尔斯泰在《战争与和平》里所提出的主张。他说："英雄只是贴在历史上的标签，他们的姓名只是历史事件的款识。"有些人根据这个主张而推论到英雄不必受崇拜。从史实看，自从古雅典城时代的群众领袖（demagogue）一直到现代极权国家的独裁者，有不少的事例可证明盲目的英雄崇拜往往酿成极大的灾祸。有些人根据这些事例而推论到英雄崇拜的危险。此外也还有些人以为崇拜英雄势必流于发展奴性，阻碍独立自由的企图，造成政治上的独裁与学术思想上的正统专制，与德谟克拉西精神根本不相容。

就大体说，反对英雄崇拜的理论在现代颇占优胜，因为它很合一批不很英雄的人们的口胃。不过在事实上，英雄崇拜到现在还很普遍而且深固，无论带哪一种色彩的人心中都免不掉有几分。托尔斯泰不很看重英雄，而他自己却被许多人当作英雄去崇拜。这是一个很有趣而也很有意义的人生讽刺。社会靠着传统和反抗两种相反的势力演进。无论你站在哪一方壁垒，双方都各有它的理想的斗士，它的英雄；维拥传统者如此，反抗者也是如此。从有人类社会到现在，每时代每社会都有它的英雄，而英雄也都被人崇拜，这是铁一般的事实，没有人能否认的。我们在这里用不着替一个与历史俱久的事实辩护，我们只须研究它的涵义和在人生社会上的可能的功用。

什么叫作"英雄"。牛津字典所给hero的字义大要有四：第一是"具有超人的本领，为神灵所默佑者"；其次是"声名煊赫的战士，曾为国争战者"；第三是"其成就及高贵性格为人所景仰者"；最后是"诗和戏剧中的主角"。这四个意义显然是互相关联的。凡是英雄必定是非常人，得天独厚，能人之所难能，在艰危时代能为国家杀敌御侮，在承平时代他的事业和品学也能为民族的楷模，在任何重大事件中，他必是倡导推动者，如戏剧中的主角。他的名称有时不很一致，“圣贤”“豪杰”“至人”，所指的都大致相同。

一谈到英雄，大概没有不明了他是什么一种人；可是追问到究竟哪一个人才算是英雄，意见却很难一致。小孩子们看惯侠义小说，心目中的英雄是在峨眉山修炼得道的拳师剑侠；江湖帮客所知道的英雄是《水浒传》里所形容的梁山泊一群好汉和他们帮里的“舵把子”。读书人言必讲周孔，弄武艺的人拜关羽、岳飞。古代和近代、中国和西方，所持的英雄标准也不完全一致。仔细研究起来，每种社会、每种阶级，甚至于每个人都各有各的英雄。所以这个意义似很明显的名称所指的究为何种人实在很难确定。

这也并不足为奇。英雄本是一种理想人物。一群人或一个人所崇拜的英雄其实就是他们的或他的人生理想的结晶。人生理想如忠孝节义智仁勇之类都是抽象概念，颇难捉摸，而人类心理习性常倾向于依附可捉摸的具体事例。英雄就是抽象的人生理想所实现的具体事例，他是一幅天然图画，大家都可以指着他向自己说：“像那样的人才是我们所应羡慕而仿效的！”说到英勇，一般人印象也许很模糊，但是一般人都知道崇拜秦皇汉武，或是亚历山大和拿破仑。人人尽管知道忠义为美德，但是要一般人为忠义所感动，千言万语也抵不上一篇岳飞或文天祥的叙传。每个人、每个社会，都有他的特殊的人生理想；很显然的，也就有他的特殊英雄。哲学家的英雄是孔子和苏格拉底，宗教家的英雄是释迦和耶稣，侵略者的英雄是拿破仑，而资本家的英雄则为煤油大王和钢铁大王。行行出状元，就是行行有英雄。

人们所崇拜的英雄尽管不同，而崇拜的心理则无二致。这心理分析起来也很复杂。每个英雄必有确足令人钦佩之点，经得起理智衡量，不仅能引起盲目的崇拜。但是“崇拜”是宗教上的术语，既云崇拜，就不免带有几分宗教的迷信，就不免有几分盲目。英雄尽管有不足崇拜处，可是我们既然崇拜他，就只看得见他的长处，看不见他的短处。“爱而知其恶”就不是崇拜，崇拜是无限制的敬慕，有时甚至失去理性。西谚说：“没有人是他的仆从的英雄。”因为亲信的仆从对主人看得太清楚。古代帝王要“深居简出”，实有一套秘诀在里面。在崇拜的心理中，情感的成分远过于理智的成分。英雄崇拜的缺点在此，因为它免不掉几分盲目的迷信；但是优点也正在此，因为它是敬贤向上心的表现。敬贤向上是人类心灵中最可宝贵的一点光焰，个人能上进，社会能改良，文化能进展，都全靠有它在烛照。英雄常在我们心中煽燃这一点光焰，常提醒我们人性尊严的意识，将我们提升到高贵境界。崇拜英雄就是崇拜他所特有的道德价值。世间只有几种人不能崇拜英雄：一是愚昧者，根本不能辨别好坏；一是骄矜妒忌者，自私的野心蒙蔽了一切，不愿看旁人比自己高一层；一是所谓“犬儒”（cynics），轻世玩物，视一切无足道；最后就是丧尽天良者，毫无人性，自然也就没有人性中最高贵的虔敬心。这几种人以外，任何人都多少可以崇拜英雄，一个人能崇拜英雄，他多少还有上进的希望，因为他还有道德方面的价值意识。

崇拜英雄的情操是道德的，同时也是超道德的。所谓“超道德的”，就是美感的。太史公在《孔子世家》赞里说：“高山仰止，景行行止，虽不能至，然心焉向往之。”这几句话写英雄崇拜的情绪最为精当。对着伟大人物，有如对着高山大海，使人起美学家所说的“崇高雄伟之感”（sense of the sublime）。依美学家的分析，起崇高雄伟感觉时，我们突然间发现对象无限伟大，无形中自觉此身渺小，不免肃然起敬，栗然生畏，惊奇赞叹，有如发呆；但惊心动魄之余，就继以心领神会，物我同一而生命起交流，我们于不知不觉中吸收融会那一种伟大的气魄，而自己也振作奋发起来，仿佛在模仿它，努力提升到同样伟大的境界。对高山大海如此，对暴风暴雨如此，对伟大英雄也如此。崇拜英雄是好善也是审美。在人生胜境，善与美常合而为一，此其一例。

这种所描写的自然只是极境，在实际上英雄崇拜有深有浅，不一定都达到这种极境。但无论深浅，它的影响都大体是好的。社会的形成与维系都不外借宗教、政治、教育、学术几种“文化”的势力。宗教起于英雄崇拜，卡莱尔已经详论过。世界中最宗教的民族要算希伯来人，读《旧约》的人们大概都明了希伯来也是一个最崇拜英雄的民族，政治的灵魂在秩序组织，而秩序组织的建立与维持必赖有领袖。一个政治团体里有领袖能号召，能得人心悦诚服，政治没有不修明的。极权国家固然需要独裁者，民主国家仍然需要独裁者，无论你给他什么一个名义。至于教育、学术也都需要有人开风气之先。假想没有孔、墨、庄、老几个哲人，中国学术思想还留在怎样一个地位！没有柏拉图、亚里斯多德、笛卡儿、康德几个哲人，西方学术思想还留在怎样一个地位！如此等类问题是颇耐人寻思的。俗话有一句说得有趣："山中无老虎，猴子称霸王。"阮步兵登广武曾发"时无英雄，遂令竖子成名"之叹。一个国家民族到了"猴子称霸王"或是"竖子成名"的时候，他的文化水准也就可想而见了。

学习就是模仿，人是最善于学习的动物，因为他是最善于模仿的动物。模仿必有模型，模型的美丑注定模仿品的好丑，所谓"种瓜得瓜，种豆得豆"。英雄（或是叫他"圣贤""豪杰"）是学做人的好模型。所以从教育观点看，我们主张维持一般人所认为过时的英雄崇拜。尤其在青年时代，意象的力量大于概念，与其向他们说仁义道德，不如指点几个有血有肉的具有仁义道德的人给他们看。教育重人格感化，必须是一个具体的人格才真正有感化力。

我们民族中从古至今，做人的好模型委实不少，可惜长篇传记不发达，许多伟大人物都埋在断简残篇里面，不能以全副面目活现于青年读者眼前。这个缺陷希望将来有史家去弥补。

谈青年与恋爱结婚

在动物阶层，性爱不成问题，因为一切顺着自然倾向，不失时，不反常，所以也就合理。在原始人类社会，性爱不成为严重的问题，因为大体上还是顺自然倾向的，纵有社会裁制，习惯成了自然，大家也就相安无事。在近代开化的社会，性爱的问题变成很严重，因为自然倾向与社会裁制发生激烈的冲突，失时和反常的现象常发生，伦理的、宗教的、法律的、经济的、社会的关系愈复杂，纠纷愈多而解决愈困难。这困难成年人感觉到很迫切，青年人感觉到尤其迫切。性爱在青年期有一个极大的矛盾：一方面性欲在青年期由潜伏而旺盛，力量特别强烈；一方面种种理由使青年人不适宜于性生活的活动。

先说青年人不适宜于性爱的理由：

一、恋爱的正常归宿是结婚，结婚的正常归宿是生儿养女，成立家庭。青年处学习期，在事业上尚无成就，在经济上未能独立，负不起成立家庭教养子女的责任。恋爱固然可以不结婚，但是性的冲动培养到最紧张的程度而没有正常的发泄，那是违反自然，从医学和心理学观点看，对于身心都有很大的妨害。结婚固然也可以节制生育，但是寻常婚后生活中，子女的爱是夫妻中间一个重要的联系，培养起另一代人原是结婚男女的共同目标与共同兴趣，把这共同目标与共同兴趣用不自然的方法割去了，结婚男女的生活就很干枯，他们的情感也就逐渐冷淡。这对于种族和个人都没有裨益，失去了恋爱与婚姻的本来作用。

二、青年身体发展尚未完全成熟，早婚妨碍健康，尽人皆知；如果生儿养女，下一代人也必定比较羸弱，可以影响到民族的体力，我国已往在这方面吃的亏委实不小。还不仅此，据一般心理学家的观察，性格的成熟常晚于体格的成熟，青年在体格方面尽管已成年，在心理方面往往还很幼稚，男子尤其是如此。在二十余岁的光景，他们心中装满着稚气的幻想，没有多方的人生经验，认不清现实，情感游离浮动，理智和意志都很薄弱，性格极易变动，尤其是缺乏审慎周详的抉择力与判断力，今天做的事明天就会懊悔。假如他们钟情一个女子，马上就会陷入沉醉迷狂状态，把爱的实现看得比世间任何事都较重要：达不到目的，世界就显得黑暗，人生就显得无味，觉得非自杀不可；达到目的，结婚就成了“恋爱的坟墓”，从前的仙子就是现在的手镣脚铐。到了这步田地，他们不是牺牲自己的幸福，就是牺牲别人的幸福。许多有为青年的前途就这样毁去了，让体格性格都不成熟的青年人去试人生极大的冒险，那简直是一个极大的罪孽。

三、人生可分几个时期，每时期有每时期的正当使命与正当工作。青年期的正当使命是准备做人，正当工作是学习。在准备做人时，在学习时，无论是恋爱或结婚都是一种妨害。人生精力有限，在恋爱和结婚上面消耗了一些，剩余可用于学习的就不够。在大学期间结婚的学生成绩必不会顶好，在中学期间结婚的学生的前途决不会有很大的希望。自己还带乳臭，就腼颜准备做父母，还满口在谈幸福，社会上有这现象，就显得它有些病态。恋爱用不着反对，结婚更用不着反对，只是不能“用违其时”。禽兽性生活的优点就在不失时，一生中有一个正当的时期，一年中有一个正当的季节。在人类，正当的时期是壮年，老年人过时，青年人不及时，青年人恋爱结婚，与老年人恋爱结婚，是同样的反常可笑。

假如我们根据这几条理由，就绝对反对青年谈恋爱，是否可能呢？我自己也是过来人，略知此中甘苦，凭自己的经验和对旁人的观察，我可以大胆地说：在三十岁以前，一个人假如不受爱情的搅扰，对男女间事不发生很大的兴趣，专心致志地去做他的学问，那是再好没有的事，他可以多得些成就，少得些苦恼。我还可以说，像这样天真烂漫地过去青春的人，世间也并非绝对没有，而且如果我们认定三十岁左右为正当的结婚年龄，从生物学观点看，这种人也不能算是不自然或不近人情。不过我们也须得承认，在近代社会中，这种浑厚的青年人确实很少，少的原因是在近代生活对于性爱有许多不健康的暗示与刺激，以及教育方面的欠缺。家庭和学校对男女间事绝对不准谈，仿佛这中间事极神秘或是极不体面，有不可告人处。只这印象对儿童们影响就很坏。他们好奇心特别强，你愈想瞒，他们就愈想知道。他们或是从大人方面窥出一些偷偷摸摸的事，或是从一块儿游戏的顽童听到一些淫秽的话。不久他们的性的冲动逐渐发达了，这些不良的种子就在他们心中发芽生枝，好奇心以外又加上模仿本能的活动。他们开始看容易刺激性欲的小说或电影，注意窥探性生活的秘密，甚至想自已也跳到那热闹舞台上去表演。他们年纪轻，正当的对象自无法可得，于是演出种种“性的反常”现象，如同性爱、自性爱、手淫之类。如果他们生在都市里，年纪比较大一点，说不定还和不正当的女人来往。如果他们进了大学，读过一些讴歌恋爱的诗文，看过一些甜情蜜意的榜样，就会觉得恋爱是大学生活中应有的一幕，自已少不得也要凑趣应景，否则即是一个缺陷、一宗耻辱。我们可以说，现在一般青年从幼稚园到大学，沿途所学的性生活的影响都是不健康的，无怪他们向不健康的路径走。

自命为“有心人”的看到这种景象，或是嗟叹世风不古，或是诅咒近代教育，想拿古老的教条来钳制近代青年的活动。世风不古是事实，无用嗟叹，在任何时代，世风都不会“古”的。世界既已演变到现在这个阶段，要想回到男女授受不亲那种状态，未免是痴人说梦。我个人的主张是要把科学知识尽量地应用到性爱问题上面来，使一般人一方面明白它在生物学、生理学和心理学上的意义，一方面也认清它所连带的社会、政治、经济各方面的责任。这问题，像一切其他人生问题一样，可以用冷静的头脑去思索，不必把它摆在一种带有宗教性的神秘氛围里。神秘本身就是一种诱惑，暗中摸索都难免跌跤。

就大体说，我赞成用很自然的方法引导青年撇开恋爱和结婚的路。所谓自然的方法有两种。第一是精力有所发挥，精神有所委托。一个人心无二用，却也不能没有所用。青年人精力最弥满，要它闲着无所用，就难免泛滥横流。假如他在工作里发生兴趣，在文艺里发生兴趣，甚至在游戏运动里发生兴趣，这就可以垄断他的心神，不叫它旁迁他涉。我知道很多青年因为心有所用，很自然地没有走上恋爱的路。第二是改善社交生活，使同情心得到滋养。青年人最需要的是同情，最怕的是寂寞，愈寂寞就愈感觉异性需要的迫切。一般青年追求异性，与其说是迫于性的冲动，毋宁说是迫于同情的需要。要满足这需要，社交生活如果丰富也就够了。一个青年如果有亲热的家庭生活，加上温暖的团体生活，不感觉到孤寂，他虽然还有“遇”恋爱的可能，却无“谋”恋爱的必要。

这番话并非反对男女青年的正常交接，反之，我认为男女社交公开是改善社交生活的一端。愈隔绝，神秘观念愈深，把男女关系看成神秘，从任何观点看，都是要不得的。我虽然赞成叔本华的“男女的爱都是性爱”的看法，却不敢同意王尔德的“男女间只有爱情而无友谊”的看法。因为友谊有深有浅，友谊没有深到变为爱情的程度是常见的。据我个人的观察，青年施受同情的需要虽很强烈，而把同情专注在某一个对象上并不是一个很自然的现象。无论在同性中或异性中，一个人很可能地同时有几个好友。交谊愈广泛，发生恋爱的可能性也就愈少。一个青年最危险的遭遇莫过于向来没有和一个女子有较深的接触，一碰见第一个女子就爱上了她。许多在男女社交方面没有经验的青年却往往是如此，而许多悲剧也就如此酿成。

在男女社交公开中，“遇”恋爱自然很可能，但是危险性比较小，双方对于异性都有较清楚的认识。既然“遇”上了恋爱，一个人最好认清这是一件极自然极平凡而亦极严重的事。他不应视为儿戏，却也不应沉醉在诗人的幻想里，他应该用最写实的态度去应付它。如果“恋爱至上”，他也要从生物学观点把它看成“至上”，与爱神无关，与超验哲学更无关。他就要准备作正常的归宿——结婚、生儿养女和担负家庭的责任。

柏拉图到晚年计划第二“理想国”，写成一本书叫作《法律》，里面有一段话颇有意思，现在译来作本文的结束：

> 我们的公民不应比鸟类和许多其他动物都不如，它们一生育就是一大群，不到生殖的年龄却不结婚，维持着贞洁。但是到了适当的时候，雌雄就配合起来，相欢相爱，终身过着圣洁和天真的生活，牢守着它们的原来的合同——真的，我们应该向他们（公民们）说，你们须比禽兽高明些。

谈青年的心理病态

这题目是一位青年读者提议要我谈的。他的这个提议似显示青年们自己感觉到他们在心理上有毛病。这毛病究竟何在，是怎样酝酿成的，最好由青年们自己作一个虚心的检讨。我是一个中年人，和青年人已隔着一层，现时代和我当青年的时代也迥然有别，不能全据私人追忆到的经验，刻舟求剑似的去臆测目前的事实。我现在所谈的大半根据在教书任职时的观察，观察有时不尽可据，而且我的观察范围限于大学生。我希望青年读者们拿这旁观者的分析和他们自己的自我检讨比较，并让我知道比较的结果。这于他们自己有益，于我更有益。

一个人的性格形成，大半固靠自己的努力，环境的影响也不可一笔抹煞。“豪杰之士虽无文王犹兴”，但是多数人并非豪杰之士，就不能不有所凭借。很显然地，现时一般青年所可凭借的实太薄弱。他们所走的并非玫瑰之路。

先说家庭。多数青年一入学校，便与家庭隔绝，尤其是来自沦陷区域的。在情感上他们得不到家庭的温慰。抗战期中一般人都感受经济的压迫，衣食且成问题，何况资遣子弟受教育。在经济上他们得不到家庭的援助。父兄既远隔，又各为生计所迫，终日奔波劳碌，既送子弟入学校，就把一切委托给学校，自己全不去管。在学业品行上他们得不到家庭的督导。这些还只是消极的，有些人能受到家庭影响的，所受的往往是恶影响。父兄把教育子弟当作一种投资，让他们混资格去谋衣食，子弟有时顺承这个意旨，只把学校当作进身之阶，此其一。父兄有时是贪官污吏或土豪劣绅，自己有许多恶习，让子弟也染着这些恶习，此其二。中国家庭向来是多纠纷，而这种纠纷对于青年人常是隐痛，易形成心理的变态，此其三。

次说社会国家。中国社会正当新旧交替之际，过去封建时代的许多积弊恶习还没有涤除净尽，贪污腐败、欺诈凌虐的事情处处都有。青年人心理单纯，对于复杂的社会不能了解。他们凭自己的单纯心理，建造一种难于立即实现的社会理想，而事实却往往与这理想背驰，他们处处感觉到碰壁，于是失望、惊疑、悲观等等情绪源源而来。其次，青年人富于感受性，少定见，好言是非而却不真能辨别是非，常轻随流俗转移，有如素丝，染于青则青，染于黄则黄。社会既腐浊，他们就不知不觉地跟着它腐浊。总之，目前环境对于纯洁的青年是一种恶性刺激，对于意志薄弱的青年是一种恶性引诱。加以国家处在危难的局面，青年人心里抱着极大的希望，也怀着极深的忧惧。他们缺乏冷静的自信，任一股热情鼓荡，容易提升到高天，也容易降落到深渊。一个人迭次经过这种疟疾式的暖冷夹攻，自然容易变成虚弱，在身体方面如此，在精神方面也如此。

再次说学校。教育必以发展全人为宗旨，德育、智育、美育、群育、体育五项应同时注重。就目前实际状况说，德育在一般学校等于具文，师生的精力都集中于上课，专图授受知识，对于做人的道理全不讲究。优秀青年感觉到这方面的缺乏而彷徨，顽劣青年则放纵恣肆，毫无拘束。即退一步言智育，途径亦多错误，灌输多于启发，浅尝多于深入，模仿多于创造，揣摩风气多于效忠学术。在抗战期中，师资与设备多因陋就简，研究的空气尤不易提高。向学心切者感觉饥荒，凡庸者敷衍混资格。美育的重要不但在事实上被忽略，即在理论上亦未被充分了解。我国先民在文艺上造就本极优越，而子孙数典忘祖，有极珍贵的文艺作品而不知欣赏，从事艺术创作者更寥寥。大家都迷于浅狭的功利主义，对文艺不下功夫，结果乃有情操驳杂、趣味卑劣、生活干枯、心灵无寄托等种种现象。群育是吾国人向来缺乏的，现代学校教育对此亦毫无补救。一般学校都没有社会生活，教师与学生相视如路人，同学彼此也相视如路人。世间大概没有比中国大学教授与学生更孤僻更寂寞的一群动物了。体育的忽略也不自今日始，有些学生们还在鄙视运动，黄皮刮瘦几乎是知识阶级的标帜。抗战中忽略运动之外又添上缺乏营养。我常去参观学生吃饭，七八人一席只有一两碗无油的蔬菜，有时甚至只有白饭。吃苦本是好事，亏损虚弱却不是好事。青年人正当发育时期，日复一日年复一年地缺乏最低限度的营养，结果只有亏损虚弱，甚至于疾病死亡。心理的毛病往往起于生理的毛病，生理的损耗必酿成心理的损耗。这问题有关于民族的生命力，凡是远见的教育家政治家都不应忽视。

家庭、社会、国家和学校对于青年人的影响如上所述。在这种情形之下，青年人在心理方面发生下列几种不健康的感觉。

第一是压迫感觉。青年人当生气旺盛的时候，有如春日的草木萌芽，需要伸展与生长，而伸展与生长需要自由的园地与丰富的滋养。如果他们像墙角生出来的草木，上面有沉重的砖石压着，得不着阳光与空气，他们只得黄瘦萎谢，纵然偶尔能费力支撑，破石罅而出，也必变成臃肿拳曲，不中绳墨。不幸得很，现代许多青年都恰在这种状况之下出死力支撑层层重压。家庭对于子弟上进的企图有时作不合理的阻挠，社会对于勤劳的报酬不尽有保障，国家为着政策有时须限制思想与言论的自由，学校不能使天赋的聪明与精力得充分发展，国家前途与世界政局常纠缠不清，强权常歪曲公理。这一切对于青年人都是沉重的压迫，此外又加上经济的艰窘、课程的繁重、营养缺乏所酿成的体质羸弱，真所谓“双肩上公仇私仇，满腔儿家忧国忧”。一个人究竟有几多力量，能支撑这层层重压呢？撑不起，却也推不翻，于是都积成一个重载，压在心头。

其次是寂寞感觉。人是富于情感的动物，人也是群居的动物，所以人需要同类的同情心最为剧烈。哲学家和宗教家抓住这一点，所以都以仁爱立教。他们知道人类只有在仁爱中才能得到真正幸福。青年人血气方刚，同情的需要比中年人与老年人更为迫切。我们已经说过，现代中国青年不常能得到家庭的温慰，在学校里又缺乏社会生活，他们终日独行踽踽，举目无亲，人生最强烈的要求不能得到最低限度的满足，他们心里如何快乐得起来呢？这里所谓“同情心”包含异性的爱在内。男女中间除着人类同情心的普遍需要之外，又加上性爱的成分，所以情谊一日投合，便特别坚强。这是一个极自然的现象，不容教育家们闭着眼睛否认或推翻。我们所应该留意的是施以适当教育，因势利导，纳于正轨，不使其泛滥横流。这些年来我们都在采男女同学制，而对于男女同学所有的问题未加精密研究，更未予以正确指导。结果男女中间不是毫无来往，便是偷偷摸摸地来往。毫无来往的似居多数，彼此摆在面前，徒增一种刺激。许多青年人的寂寞感觉，细经分析起来，大半起于异性中缺乏合理而又合体的交际。

第三是空虚感觉。“自然厌恶空虚”，这个古老的自然律可应用于物质，也可应用于心灵。空虚的反面是充实，是丰富。人生要充实丰富，必须有多方的兴趣与多方的活动。一个在道德、学问、艺术或事业方面有浓厚兴趣的人，自然能在其中发现至乐，决不会感觉到人生的空虚。宋儒教人心地常有“源头活水”，此心须常是“活泼泼的”。又教人玩味颜子在箪食瓢饮的情况之下“所乐何事”，用意都在使内心生活充实丰富。据近代一般心理学家的见解，艺术对于充实内心生活的功用尤大，因为它帮助人在事事物物中都可发现乐趣。观照就是欣赏，而欣赏就是快乐。现在一般青年人对学术既无浓厚兴趣，对艺术及其他活动更漠不置意，生活异常干枯贫乏，所以常感到人生空虚。此外又加上述的压迫与寂寞，使他们追问到人生究竟，而他们的单纯头脑所能想出的回答就是“空虚”。他们由自己个人的生活空虚推论到一般人生的空虚，犯着逻辑学家所谓“以偏概全”的错误。个人生活的空虚往往是事实，至于一般人生是否空虚则大有问题，至少历史上许多伟大人物不是这么想。

以上所说的三种不健康的感觉都有几分是心病，但是它们所产生的后果更为严重。在感觉压迫、寂寞和空虚中，青年人始而彷徨，身临难关而找不着出路，踌躇不知所措；继而烦闷，仿佛以为家庭、社会、国家、学校以至于造物主，都有意在和他们为难，不让他们有一件顺心事，于是对一切生厌恶，动辄忧郁、烦躁、苦闷；继而颓唐麻木，经不起一再挫折，逐渐失去辨别是非的敏感与向上的意志，随世俗苟且敷衍，以“世故”为智慧，视腐浊为人情之常。彷徨犹可抉择正路，烦闷犹可力求正路，到了颓唐麻木，就势必至于堕落，无可救药了。我不敢说现在多数青年都已到了颓唐麻木的阶段，但是我相信他们都在彷徨烦闷，如果不及早振作，离颓唐麻木也就不远了。总之，我感觉到现在青年人大半缺乏青年人所应有的朝气，对一切缺乏真正的兴趣和浓厚的热情。他们的志向大半很小，在学校只求敷衍毕业，以后找一个比较优裕的差缺，姑求饱暖舒适，就混过这一生。自然也偶尔遇着少数的例外，但少数例外优秀的青年军势孤力薄，不能造成一种风气。现时代的青年，就他所表现的精神而论，决不能担当起现时代的艰巨任务。这是有心人不能不为之忧惧的。

这种现状究竟如何救济呢？照以上的分析，病的成因远在家庭、社会、国家与学校所给的不良的影响，近在青年人自己承受这影响而起的几种不健康的感觉。治本的办法当然是改良环境的影响，尤其是学校教育。这要牵涉到许多问题，非本文所能详谈。这里我只向青年人说话，说的话限于在我想是他们可以受用的，就是他们如何医治自己，拯救自己。

第一，青年人对于自己应有勇气负起责任。我们旁观者分析青年人的心理性格，把环境影响当作一个重要的成因，是科学家所应有的平正态度。但是我们也必须补充一句，环境影响并非唯一的决定因素，世间有许多人所受的环境影响几完全相同而成就却有天渊之别，这就是证明个人的努力可以胜过环境的影响。青年们自己不应该把自己的失败完全推诿到环境影响，如果这样办，那就是对自己不负责任，为自己不努力去找借口。我们旁观者固不能以豪杰之士期待一切青年，但是每一个青年自己却不应只以庸碌人自期待。旁人在同样环境之下所能达到的成就，他如果达不到，他就应自引以为耻。对自己没有勇气负责的人在任何优越环境之下，都不会有大成就。对自己负责任，是一切向上心的出发点。

其次，青年人应知实事求是，接受当前事实而谋应付，不假想在另一环境中自己如何可以显大本领，也不把自己现在不能显本领的过失推诿到现实环境。自己所处的是甲境，应付不好，聊自宽解说："如果在乙境，我必能应付好。"这是"文不对题"，仍是变态心理的表现。举个具体的例，问一位青年人为什么不努力做学问，他回答说："教员不好，图书不够，饭没有吃饱。"这样一来，他就把责任推诿得干干净净了。他应该知道，教员不好，图书不够，饭没有吃饱，这些都是事实，他须接受这些事实去应付。如果能设法把教员换好，图书买够，饭吃饱，那固然再好没有；如果这些一时为事实所不允许，他就得在教员不好、图书不够、饭没有吃饱的事实条件之下，研究一个办法，看如何仍可读书做学问。他如果以为这样的事实条件不让他能读书做学问，那就是承认自己的失败；如果只假想在另一套事实条件之下才读书做学问，那就是逃避事实而又逃避责任。

第三，青年人应明了自己的心病须靠自己努力去医治。法国有一位心理学家——库维——发明一种自治疗术，叫作"自暗示"。依这个方法，一个人如果有什么毛病，只要自己常专心存着自己必定好的念头，天天只朝好处想，绝不能朝坏处想，不久他自会痊愈。他实验过许多病人，无论所患的是生理方面的或是心理方面的病，都特著奇效。他的实验可证明自信对于一个人的心理影响非常之大。自信是一个不幸的人，就随时随地碰着不幸事，自信是一个勇敢的人，世间便无不可征服的困难。许多青年人所缺乏的正在自信心。没有自信心就没有勇气，困难还没有临头就自认失败。

比如上文所说的三种不健康的感觉，都并非绝对不可避免的。如果能接受事实，有勇气对自己负责任，尽其在我，不计成败，则压迫感觉不至发生。每个人都需要同情，如果每个人都肯拿一点同情出来对付四周的人，则大家互有群居之乐，寂寞感觉不至发生。人生来需要多方活动，精力可发泄，心灵有寄托，兴趣到处泉涌，则生活自丰富，空虚感觉不至发生。这些事都不难做到，一般青年人所以不能做到者，原因就在没有自信，缺乏勇气，不肯努力。

谈理想的青年——回答一位青年朋友的询问

朋友：

你问我一个青年应该悬什么样一个标准，做努力进修的根据。我觉得这问题很难笼统地回答，因为人与人在环境、资禀、兴趣各方面都不相同，我们不能定一个刻板公式来适用于每个事例。不过无论一个人将来干哪一种事业，我以为他都需要四个条件。

头一项是运动选手的体格。我把这一项摆在第一，因为它是其他各种条件的基础。我们民族对于体格向来不很注意。无论男女，大家都爱亭亭玉立、弱不禁风那样的文雅。尤其在知识阶级，黄皮刮瘦、弯腰驼背，几乎是一种公同的标帜。说一个人是“赳赳武夫”，就等于骂了他。我们都以“精神文明”自豪，只要“精神”高贵，肉体值得什么？这种错误的观念流毒了许多年代，到现在我们还在受果报。我们在许多方面都不如人，原因并不在我们的智力低劣。就智力说，我们比得上世界上任何民族。我们所以不如人者，全在旁人到六七十岁还能奋发有为，而我们到了四十岁左右就逐渐衰朽；旁人可以有时间让他们的学问事业成熟，而我们往往被逼迫中途而废；旁人能作最后五分钟的奋斗，我们处处显得是虎头蛇尾。一个身体羸弱的人不能是一个快活的人，你害点小病就知道；也不能是一个心地慈祥的人，你偶尔头痛牙痛或是大便不通，旁人的言动笑貌分外显得讨厌。如果你相信身体羸弱不妨碍你做一个有道德的人，援甘地为例，那我就要问你：世间数得出几个甘地？而且甘地是否真像你们想象的那样羸弱？一切道德行为都由意志力出发。意志的“力”固然起于知识与信仰，似乎也有几分像水力、电力、蒸汽力，还是物质的动作发生出来的。这就是说，它和体力不是完全无关。世间意志力最薄弱的人怕要算鸦片烟鬼，你看过几个烟鬼身体壮健？你看过几个烟鬼不时常在打坏主意？意志力薄弱的人都懒，懒是万恶之源。就积极方面说，懒人没有勇气，应该奋斗时不能奋斗，遇事苟且敷衍，做不出好事来。就消积方面说，懒人一味朝抵抗力最低的路径走，经不起恶势力的引诱，惯欢喜做坏事。懒大半由于体质弱，燃料不够，所以马达不能开满。“健全精神宿于健全身体”。身体不健全而希望精神健全，那是希望奇迹。

其次是科学家的头脑。生活时时刻刻要应付环境，环境有应付的必要，就显得它有困难有问题。所以过生活就是解决环境困难所给的问题，做学问如此，做事业如此，立身处世也还是如此。一切问题的解决方法都须遵照一个原则，在紊乱的事实中找出一些条理秩序来，这些条理秩序就是产生答案的线索，好比侦探一个案件，你第一步必须搜集有关的事实，没有事实做根据，你无从破案。有事实而你不知怎样分析比较，你还是不一定能破案。会尊重事实，会搜集事实，会见出事实中间的关系，这就是科学家的本领。要得到这本领，你必须冷静、客观、虚心、谨慎，不动意气，不持成见，不因个人利害打算而歪曲真理。合理的世界才是完美的世界，世界所以有许多不合理的地方，就因为大部分人没有科学的头脑，见理不透。比如说，社会上许多贪污枉法的事，做这种事的人都有一个自私的动机，以为损害了社会，自己可以占便宜。其实社会弄得不稳定了，个人决不能享安乐。所以这种自私的人还是见理不透，没有把算盘打清楚。要社会一切合理化，要人生合理化，必须人人都明理，都能以科学的头脑去应付人生的困难。单就个人来说，一个头脑糊涂的人能在学问或事业上有伟大的成就，我是没有遇见过。

第三是宗教家的热忱。“过于聪明”的人（当然实在还是聪明不够）有时看空了一切，以为是非善恶悲喜成败反正都不过是那么一回事，让它去，干我什么？他们说：“安邦治国平天下，自有周公孔圣人。”人人都希望旁人做周公孔圣人，于是安邦治国平天下就永远是一场幻梦。宗教家大半盛于社会紊乱的时代，他们看到人类罪孽痛苦，心中起极大的悲悯，于是发下志愿，要把人类从水深火热中拯救出来，虽然牺牲了自己，也在所不惜。孔子说：“鸟兽不可与同群，吾非斯人之徒之与而谁与？天下有道，丘不与易也。”释迦说：“我不入地狱，谁入地狱？”这都是宗教家的伟大抱负。他们不但发愿，而且肯拼命去做。耶稣的生平是极好的例证，他为着要宣传他的福音，不惜抛开身家妻子，和犹太旧教搏斗，和罗马帝国搏斗，和人世所难堪的许多艰难困苦搏斗，而终之以一死，终于以一个平民的力量掉翻了天下。古往今来许多成大事业者虽不必都是宗教家，却大半有宗教家的热忱。他们见得一件事应该做，就去做，就去做到底，以坚忍卓绝的精神战胜一切困难，百折不回。我们现在所处的是一个紊乱时代，积重难返，一般人都持鱼游釜中或是鸵鸟把眼睛埋在沙里不去看猎户的态度，苟求一日之安，这时候非有一种极大的力量不能把这局面翻转过来。没有人肯出这种力量，或是能出这力量，除非他有宗教家的慈悲心肠和宗教家的舍己为人奋斗到底的决心毅力。

最后是艺术家的胸襟。自然节奏有起有伏，有张有弛，伏与弛不单是为休息，也不单是为破除单调，而是为精力的生养储蓄。科学易流于冷酷干枯，宗教易流于过分刻苦。它们都需要艺术的调剂。艺术是欣赏，在人生世相中抓住新鲜有趣的一面而流连玩索；艺术也是创造，根据而又超出现实世界，刻绘许多可能的意象世界出来，以供流连玩索。有艺术家的胸襟，才能彻底认识人生的价值，有丰富的精神生活，随处可以吸收深厚的生命力。我们一般人常困于饮食男女功名利禄的营求，心地常是混浊，不能清明澈照，一个欲望满足了，另一个欲望又来，常是在不满足的状态中，常被不满足驱遣做无尽期的奴隶。名为一个人，实在是一个被动的机械，处处受环境支配，作不得自家的主宰。在被驱遣流转中，我们常是仓皇忙迫，尝无片刻闲暇，来凭高看一看世界，或是回头看一看自己；不消说得，世界对于我们是呆板的，自己对于我们也是空虚的。试问这种人活着有什么意味？能成就什么学问事业？所谓艺术家的胸襟就是在有限世界中做自由人的本领；有了这副本领，我们才能在急忙流转中偶尔驻足作一番静观默索，作一番反省回味，朝外可以看出世相的庄严，朝内可以看出人心的伟大。并且不仅看，我们还能创造出许多庄严的世相、伟大的人心。在创造时，我们依然是上帝，所以创造的快慰是人生最大的快慰。创造的动机是要求完美。迫令事实赶上理想，我们要把现实人生、现实世界改造得比较完美，也还是起于艺术的动机。

如果一个人具备这四大条件，他就不愧为完人了。我并不认为他是超人，因为体育选手、科学家、宗教家、艺术家，都不是神话中的人物，而是世间有血有肉的真实人物。以往有许多人争取过这些名号的。人家既然可以做得到，我就没有理由做不到。我们不能妄自菲薄，自暴自弃。

消除烦闷与超脱现实

王君光祈在本志《学生生活号》发表的《中国人之生活颠倒》那篇文章，把青年烦闷之最大原因，可算说得透辟极了。不过王君的娓娓动听的文笔很遮盖一些美中不足。人生各时期有各时期的嗜好，要有机会自由发展，免得斫丧生机。这话固然含有至理。但是假使吾人都能及时行乐，不至有“过时之感”，世间便可以没有烦闷苦恼吗？在王君的意见，欧洲人无论男女老幼都及时行乐，所以他们的生活最愉快。但是我们研究欧洲近代文学，似乎觉得欧洲人心窝里也还有许多忧愁愤懑。罗素到中国看见农夫走贩，和寺庙里罗汉菩萨一样，都满面带着笑容，以为中国人是最能快乐的一个民族，非欧洲人梦想所能及。从这点看起来，各人自己的苦乐，只有各人自己心里晓得。我们不能假定欧洲人没有过时之感，所以就没有烦闷；而推论到烦闷的原因完全由于过时之感，只要及时行乐，便不会有烦闷。

理想上可然的事情，没有限制，事实上竟然的事情，就要受环境的因果律支配。欲望跟着理想走，是一件随时伸缩不可餍足的东西，背着太阳走路，影子比身子总要前一步。欲望和行乐的关系，也很像影子和身子。你今天及时行乐吗？你的欲望已跑前一步了。假使明天有机会餍足今天的欲望，后天又有机会餍足明天的欲望，如此辗转下去，有求必应；那么，烦闷自无从发生，王君的原理，自然可以成天经地义。但是世事不尽由人算。实际上我们许多的梦想，到底都石沉云散归于乌有。欲望不餍足，就是失望的代名词；失望又可以说是烦闷的代名词。那么，因为乐到这步田地，望到那步田地，失望便烦闷；我们可以说，今天行乐便种下明天烦闷的种子。这样凭空说话，人家或者要骂我玄之又玄。现在说一个具体的例子。吃早饭没中饭的穷措大，看见别人食前方丈，便以为到了这步田地，就尽了人生之乐事了。但是他既然狂饮大嚼，看见坐高车驱驷马的人，又想那个人何等阔绰！他自己还没有尝过这种滋味咧！不多会儿，他有马车坐了，又想没有一个很亲爱的很美貌的妻子，人生究竟还没有真正的乐趣。好了，他现在有了妻子了。伉俪间遐情逸致，南面王也不能易其乐呀！可是过了几年，姣且好者变成老而丑了。他又想："嗳！这究竟还不是我的理想的至乐。"以前希望一件就有一件，尚不免有些儿无聊赖。倘若希望这件，得不了这件，希望那件，得不了那件，生活不更加干燥无味，不更加惹人烦闷吗？实际上失望比得意似乎较普通一点。照我们的理想，世界应该不仅是如此如此。然而现实偏偏不由人算，走他自己的路。感情冷淡的人对于这般情景，还不觉得什么无可奈何，至多不过叹口气说："天实为之，于人何尤！"于是就是这样了事。可是在富于感情的人看他们亲爱的梦想都不能实现，便有些儿不服气。现实比冰还冷，比铁还硬，哪管你服气不服气哟？现实越发不如人期望，人生就越发干燥无味。于是失望、丧气、悲观、厌世……都蜂拥而来了。总而言之，烦闷生于不能调和理想和现实的冲突。

少年气盛的人总说："什么烦闷呀，什么调和理想与现实的冲突呀，都是懦夫口里说的话。因为社会黑暗，环境困难，我们才不虚生。不然，我们生在世间就专为过太平日子吗？别的人尽管烦闷，我呢，决不屑失望和悲观。我以为人生任务只有奋斗，奋斗到征服环境为止。"我也是极端主张和环境奋斗的一个小卒，可是我同时也相信环境是极不容易征服的。

你看这一阵和环境奋斗过的人！他们面目上毫没有温热气和闪烁的光彩了。或者他们的头脑中也不复有什么高尚的意志和坚强的决心了吧！殷仲堪有一天在园里看见一棵枯树，便深深叹一口气说："此树婆娑，生意尽矣！物犹如此，人何以堪？"看见没生气的冷冰的行尸走肉，什么不叫人作同样的感想！但是，我们如何能瞧他们不起。十年前他们也和你和我一样，也很兴会淋漓地用热心毅力去干事，也很有百折不挠的气概咧，不过现在环境把他们征服了罢了。

你再看这一阵和环境奋斗过的人！他们看见世事一天坏似一天，心里虽然不服气，可是心力俱瘁无可如何。个个人都在那边愁着眉毛叹气。这个人说："神州莽莽，阴霾四布。流离浩劫，人间何世！"那个人说："皇皇大陆，吾人将于何处觅一片干净土耶！"这个人想，像这样活着，倒不如死，还是把万事丢开，投海去吧。那个人想，世事已不堪问，我姑且寄情于醇酒妇人，借以消愁解闷吧！嗳！谁晓得这种悲观哲学消磨了几多有用之材哟？但是，我们且慢些去怜惜。他们十年前也像你和我一样，也很抱乐观，也常时说，长夜漫漫，终有时旦，只要精诚贯彻，金石都自然会破裂咧。不过现在环境把他们征服了罢了。

我们说话论事，一方面要顾及当然，一方面也要顾及可然。就当然说，环境要降服，理想才可以实现。但是环境如何可以征服，我们也不可不注意。许多人起初都发愿要征服环境，何以后来大半反为环境征服？我们自然会说，因为他们的精神不能坚持到底。但是，他们的精神何以不能坚持到底？我们可以说，因为他们的精神不能超脱现实。一个人如果只能在现实界活动，现实如果顺遂，他自然可以快乐；但是现实如果使他的活动不成功，而他又没有别条路可以去求慰安，他自然要失望悲观。但是，倘若他的精神能够超脱现实，现实的困难当然不能叫他屈服，因为他还可以在精神界求慰安。现实既然不能屈服他的精神，那么，他自然可以坚持到底和环境奋斗了。

超脱现实的方法也很多。最普通的要算宗教信仰。现世一切苦恼不用说吧！灵魂不灭，来世的天堂快乐还不晓得有多么可爱。现在不过是时间的太仓一粟。我们撑持肉体活着，是一件极偶然的现象。在这个撑持肉体活着一顷间，就有一些儿苦痛，哪值得愁眉蹙额？不错，现世一切奋斗，眼前似乎没有大的效果。但是，我们不必因此失望灰心，我们现在不过是播种子，将来一定有岁物丰成的日子。这些话是极浅近的极普通的宗教信仰。我自己既不是一个教徒，也不敢和打维护科学招牌的人搬唇舌。不过我很忠实地相信纯粹的宗教对于人类，利害相权，还是利多害少。倘若现世的苦乐不能叫普通人趋善避恶，而宗教能够做这件事，为什么宁愿普通人做过恶不去信仰宗教？假使大家都觉得现世烦恼，假使宗教可以安慰他们的精神，为什么把烦恼的人逼到山穷水尽，不知去向？我也十分相信宗教原来是一种自欺。可是这究竟根于人性，不可免的。心理学家对我们说过，就是通常所谓理智（rationization），也大半是自欺的结果，你说宗教靠不住，理智又靠得住吗？人类行为大部分都受感情支配。事前并不很揣摩为什么要这样做。事后追维，才找出一些理由来解释庇护自己的已往举动。这种理由和已往举动或毫无关系，不过姑且拉来自宽怀抱罢了。在理论上，吾人生活当全然受理性支配，但是在实际上，吾人生活是不受理性支配的。因为无意识和感情在那儿默化潜移，意识的防范实在鞭长不及马腹。所以想养成道德的习惯，与其锻炼理智，不如陶冶感情。宗教也是一种陶冶感情的工具。宗教何以能陶冶感情呢？感情是一件极活泼的东西，如果不得寄托的处所，来自由活动，便会游离不定。感情游离不定，结果就是精神失常，小而烦闷，大而疯癫。宗教的长处，就在能把游离不定的感情引到一个安顿的地方。这种陶淑作用（sublimation），弗洛伊德（Freud）和荣格（Jung）一派的心理学家说得非常透辟，我在这里也无须多话。不过添一句话代宗教辩护：托尔斯泰、甘地一流的人物，如果没有宗教做他们的精神原素，他们的生活决不像那样可爱，那样能感发兴起。

这番话谈给科学成见很深的人听，或者不能叫他们相信。那么，他们如果想解除烦闷，就要在美术中寻慰情剂，因为美术也很能使人超脱现实的。美术何以使人能超脱现实呢？一、就创作美术的人说，美术虽借现实做资料，但是对于资料的应用支配，美术家能够本自己的创造理想，伸缩自由。在现实范围里说话，空中决计不能起楼阁。美术便没有这种限制。所以现实界不能实现的理想，在美术中可以有机会实现。二、就欣赏美术的人说，美术能引起快感，而同时又不会激动进一步的欲望；一方面给心灵以自由活动的机会，一方面又不为实用目的所扰。譬如在实际上看见一个美人，占有欲就蠢蠢欲动。但是看雷阿那多·达·芬奇[1]画的《蒙娜丽莎》，如果曾经受过美术的陶冶，那时心神只像烟笼寒水，迷离恍惚，把世界上一切悲欢苦乐遗忘净尽了，还有什么欲望？我有一次劝一个学数理的朋友偷暇学一点文学，或者他的心绪不像那样干枯烦躁。他说："写实派文学把黑暗世界越发写得黑暗，读这种文学不叫人更悲观吗？"我虽然觉得我生平所经过的极乐心境，是在深夜读含有悲剧元素的文字；但是我那时不能对这位朋友解释这种心理

① 现多译作列昂纳多·达·芬奇。

作用，所以我的朋友把我的忠告置之一笑就算了。后来读爱宾浩斯（Ebbinghaus）的心理学美术章，才恍然大悟。吾人生机时时刻刻求活动。生机发泄，感觉愉快；生机抑郁，感情烦闷。所以遇着悲痛，哭一场就消了劲。生机不一定要在现实界才能发泄，美术也是一个极好的发泄生机的尾闾。在美术中发泄生机，所感的快乐比在现实界还更加纯粹深厚，因为没有实用的目的来滋扰。譬如在现实界看见父子三人都被恶蛇捆绞在一起，心里只有恐惧、哀矜种种的不快之感。可是欣赏希腊著名雕刻《拉奥孔》（*Laocoon*），这种哀矜恐惧虽还有若干存在，但是他们都变成愉快的感觉了。这就是因为心里没有实用目的来烦扰。哀矜、恐惧两种感情发泄了，然而心目中没有生死存亡的念头，没有逃脱抵抗的打算，所以虽哀矜、恐惧而还能十分愉快。普通人在饮食男女名誉权利场合中生机受了挫折，便不知道向他方面求发泄，所以抑郁，所以烦闷。谁肯宣传美术的福音来救济这些无数在苦海中挣扎的失望者呢？

美术不但可以使人超脱现实，还可以使人在现实界领悟天然之美，消受自在之乐。自然界有多少美致，人生有多少妙趣，在粗心浮气的人看，都忽略过去。经美术家一指点，美就确乎是美，妙就确乎是妙。谁没有看过流水？不过在普通人看，流水只是流水罢了，孔子一看到，便叹气说："逝者如斯夫，不舍昼夜！"这样一指点，滚滚东流的水便含有无限生机，无限悲感。谁没有看见鸟鹊在树林里度日子？陶渊明看见，便推出一种极乐的人生观哲学。"众鸟欣有托，吾亦爱吾庐"两句诗把宇宙写得多么可爱？美术家不但在花明风惠的境界，可以领略鱼跃鸢飞的乐趣，就是在极细微处——甚且在极悲惨处——也能寻出赏心乐事。托尔斯泰是一个最好例子。在他的《战争与和平》里面，那位彼得在牢狱中饥寒交迫，人生之苦，无不备尝。但是他一天看见天上月明如水，牢狱四围的园林山谷都空蒙澄澈，一望无际，他就恍然觉悟人生的至乐，不是环境可以磨灭的。在他的《神在爱所在》那篇小说里，一个极穷苦的鞋匠梦见上帝要到他家里来，从天早候到天晚，只有一个扫雪的苦工来分他房子里的暖气，和一个抱着呱呱哭的孩子的丐妇来分他的几粒豆饭。他就因而觉悟神在爱所在的道理，心里便二十四分的畅快。这不过是偶尔想出来几个例子。其实我所见到的何及恒河一粒沙哟！我相信人肯受美术陶冶，世界和人生决不至干燥无味。烦闷无形消灭，自然不消说了。

除宗教家和美术家以外，最能超脱现实的要算是婴儿。他们高起兴来，就结队搬砖弄瓦呀，捉迷藏呀，……玩得不公平，便打一个痛快架，打痛了，便索性地哭一场。哭过了，就揩干眼泪，开笑脸再去做别的玩意儿。他们天真烂漫，完全趁着一时的兴会做事，绝对不瞻前顾后，所以他们生活最愉快。人生快乐倘若想完备，一定要保存一点孩子气，这种孩子气应用非常之广。孔子有一天问门弟子的志愿，许多人都说一些什么兴邦治国。曾点一个人却说："春服既成，冠者五六人，童子六七人，浴乎沂，风乎舞雩，咏而归。"孔子听过，便不迟疑地宣布"吾与点也"。曾点的长处就在能保一种天真烂漫的孩子气。孔子称许他，或则也因为"大人者无失其赤子之心”吧。王徽之的故事也是一个好例子。有一晚雪后初晴，月亮照得非常光澈。他忽然想到他的朋友处谈谈心，立刻间他就撑只小船去了。不多会儿到他朋友的门口了，他忽然地又抽身转去。人问他的缘故，他说：我“乘兴而来，兴尽而返”。何足为奇？像这一流人物才晓得人生在世，怎样才能怡情养性，无沾无碍咧！有些人或者骂这种习惯带着臭名士气。他们自然也许有他们的高见。不过我想这种天真烂漫无沾无碍的气象倘若不用到过分，实在对于精神的卫生有许多裨益。人的精力无论属于精神方面或者身体方面，都有一个限度。譬如弓弦，拉到满引的时候，倘若不放松一点，怎么可以再加力？纵使再加力，怎么能不崩折？普通人无论何时何地，都一样的认真到底，不能稍稍放肆一点。所以容易倦怠，容易灰心。孩儿气的好处就在有时使人偶尔把现实的重载卸在旁边，让心灵偷点空儿休息，好预备再出力。

这三个方法，我个人认为可以超脱现实，解除烦闷。别人——科学家和哲学家——也许在别的地方寻出超脱现实、解除烦闷的方法，不过我没有经验，不能说话。我和王君光祈的出发点都是给生机以自由活动的机会。不过王君着重的是人生各时期有各时期的嗜好，要随时餍足。所以王君似乎主张生机只可以在现实界活动；如果现实界活动不成功，便使人生烦闷。我的主张是一种补充的办法。我以为生机不仅可以在现实界活动，如果在现实界受了挫折，不一定使人生烦闷，因为他还可以超脱现实在精神界求慰安。就积极方面说，超脱现实，就是养精蓄锐，为征服环境的预备。就消极方面说，超脱现实，就是消愁遣闷，把乐观、热心、毅力都保持住，不让环境征服。在我国现在状况之下，谁晓得有多少失望者与悲观者？我很惭愧这篇文章不能把超脱现实的道理说得透彻，使他们感发兴起；但是我很希望享受过精神上的至乐的人多用工夫来宣传超脱现实的福音，来救济众生咧。

辑三 勤靡余劳心常闲

生命是需要流动变化而厌恶单调板滞的。地下的泉水要流通才能兴旺。如果你把它的出口塞住，它不是停蓄淤滞，就是泛滥横流。人的生命力也是如此。

谈动

朋友：

从屡次来信看，你的心境近来似乎很不宁静。烦恼究竟是一种暮气，是一种病态，你还是一个十八九岁的青年，就这样颓唐沮丧，我实在替你担忧。

一般人欢喜谈玄，你说烦恼，他便从“哲学辞典”里拖出“厌世主义”“悲观哲学”等等堂哉皇哉的字样来叙你的病由。我不知道你感觉如何？我自己从前仿佛也尝过烦恼的况味，我只觉得忧来无方，不但人莫之知，连我自己也莫名其妙，哪里有所谓哲学与人生观！我也些微领过哲学家的教训：在心气和平时，我景仰希腊廊下派哲学者，相信人生当皈依自然，不当存有嗔喜贪恋；我景仰托尔斯泰，相信人生之美在宥与爱；我景仰布朗宁，相信世间有丑才能有美，不完全乃真完全；然而外感偶来，心波立涌，拿天大的哲学，也抵挡不住。这固然是由于缺乏修养，但是青年们有几个修养到“不动心”的地步呢？从前长辈们往往拿“应该不应该”的大道理向我说法。他们说，像我这样一个青年应该活泼泼的，不应该暮气沉沉的，应该努力做学问，不应该把自己的忧乐放在心头。谢谢吧，请留着这副“应该”的方剂，将来患烦恼的人还多呢！

朋友，我们都不过是自然的奴隶，要征服自然，只得服从自然。违反自然，烦恼才乘虚而入，要排解烦闷，也须得使你的自然冲动有机会发泄。人生来好动，好发展，好创造。能动，能发展，能创造，便是顺从自然，便能享受快乐；不动，不发展，不创造，便是摧残生机，便不免感觉烦恼。这种事实在流行语中就可以见出，我们感觉快乐时说“舒畅”，感觉不快乐时说“抑郁”。这两个字样可以用作形容词，也可以用作动词。用作形容词时，它们描写快或不快的状态；用作动词时，我们可以说它们说明快或不快的原因。你感觉烦恼，因为你的生机被抑郁；你要想快乐，须得使你的生机能舒畅，能宣泄。流行语中又有“闲愁”的字样，闲人大半易于发愁，就因为闲时生机静止而不舒畅。青年人比老年人易于发愁些，因为青年人的生机比较强旺。小孩子们的生机也很强旺，然而不知道愁苦，因为他们时时刻刻地游戏，所以他们的生机不至于被抑郁。小孩子们偶尔不很乐意，便放声大哭，哭过了气就消去。成人们感觉烦恼时也还要拘礼节，哪能由你放声大哭呢？黄连苦在心头，所以愈觉其苦。歌德少时因失恋而想自杀，幸而他的文机动了，埋头两礼拜著成一部《少年维特之烦恼》，书成了，他的气也泄了，自杀的念头也打消了。你发愁时并不一定要著书，你就读几篇哀歌，听一幕悲剧，借酒浇愁，也可以大畅胸怀。从前我很疑惑何以剧情愈悲而读之愈觉其快意，近来才悟得这个泄与郁的道理。

总之，愁生于郁，解愁的方法在泄；郁由于静止，求泄的方法在动。从前儒家讲心性的话，从近代心理学眼光看，都很粗疏，只有孟子的“尽性”一个主张，含义非常深广。一切道德学说都不免肤浅，如果不从“尽性”的基点出发。如果把“尽性”两字懂得透彻，我以为生活目的在此，生活方法也就在此。人性固然是复杂的，可是人是动物，基本性不外乎动。从动的中间我们可以寻出无限快感。这个道理我可以拿两种小事来印证：从前我住在家里，自己的书房总欢喜自己打扫。每看到书籍零乱，灰尘满地，你亲自去洒扫一过，霎时间混浊的世界变成明窗净几，此时悠然就座，游目骋怀，乃觉有不可言喻的快慰；再比方你自己是欢喜打网球的，当你起劲打球时，你还记得天地间有所谓烦恼吗?

你大约记得晋人陶侃的故事。他老来罢官闲居，找不得事做，便去搬砖。晨间把一百块砖由斋里搬到斋外，暮间把一百块砖由斋外搬到斋里。人问其故，他说：“吾方致力中原，过尔优逸，恐不堪事。”他又尝对人说：“大禹圣人，乃惜寸阴，至于众人，当惜分阴。”其实惜阴何必定要搬砖，不过他老先生还很茁壮，借这个玩意儿多活动活动，免得抑郁无聊罢了。

朋友，闲愁最苦！愁来愁去，人生还是那么样一个人生，世界也还是那么样一个世界。假如把自己看得伟大，你对于烦恼，当有“不屑”的看待；假如把自己看得渺小，你对于烦恼当有“不值得”的看待。我劝你多打网球，多弹钢琴，多栽花木，多搬砖弄瓦。假如你不喜欢这些玩意儿，你就谈谈笑笑，跑跑跳跳，也是好的。就在此祝你

谈谈笑笑，

跑跑跳跳！

你的朋友　孟实

谈静

朋友：

前信谈动，只说出一面真理。人生乐趣一半得之于活动，也还有一半得之于感受。所谓“感受”是被动的，是容许自然界事物感动我的感官和心灵。这两个字涵义极广。眼见颜色，耳闻声音，是感受；见颜色而知其美，闻声音而知其和，也是感受。同一美颜，同一和声，而各个人所见到的美与和的程度又随天资境遇而不同。比方路边有一棵苍松，你看见它只觉得可以砍来造船；我见到它可以让人纳凉；旁人也许说它很宜于入画，或者说它是高风亮节的象征。再比方街上有一个乞丐，我只能见到他的蓬头垢面，觉得他很讨厌；你见他便发慈悲心，给他一个铜子；旁人见到他也许立刻发下宏愿，要打翻社会制度。这几个人反应不同，都由于感受力有强有弱。

世间天才之所以为天才，固然由于具有伟大的创造力，而他的感受力也分外比一般人强烈。比方诗人和美术家，你见不到的东西他能见到，你闻不到的东西他能闻到。麻木不仁的人就不然，你就请伯牙向他弹琴，他也只联想到棉匠弹棉花。感受也可以说是“领略”，不过领略只是感受的一方面。世界上最快活的人不仅是最活动的人，也是最能领略的人。所谓领略，就是能在生活中寻出趣味。好比喝茶，渴汉只管满口吞咽，会喝茶的人却一口一口地细啜，能领略其中风味。

能处处领略到趣味的人决不至于岑寂，也决不至于烦闷。朱子有一首诗说：“半亩方塘一鉴开，天光云影共徘徊，问渠那得清如许？为有源头活水来。”这是一种绝美的境界。你姑且闭目一思索，把这幅图画印在脑里，然后假想这半亩方塘便是你自己的心，你看这首诗比拟人生苦乐多么惬当！一般人的生活干燥，只是因为他们的“半亩方塘”中没有天光云影，没有源头活水来，这源头活水便是领略得的趣味。

领略趣味的能力固然一半由于天资，一半也由于修养。大约静中比较容易见出趣味。物理上有一条定律说：两物不能同时并存于同一空间。这个定律在心理方面也可以说得通。一般人不能感受趣味，大半因为心地太忙，不空所以不灵。我所谓“静”，便是指心界的空灵，不是指物界的沉寂，物界永远不沉寂的。你的心境愈空灵，你愈不觉得物界沉寂，或者我还可以进一步说，你的心界愈空灵，你也愈不觉得物界喧嘈。所以习静并不必定要逃空谷，也不必定学佛家静坐参禅。静与闲也不同。许多闲人不必都能领略静中趣味，而能领略静中趣味的人，也不必定要闲。在百忙中，在尘市喧嚷中，你偶然丢开一切，悠然遐想，你心中便蓦然似有一道灵光闪烁，无穷妙悟便源源而来。这就是忙中静趣。

我这番话都是替两句人人知道的诗下注脚。这两句诗就是“万物静观皆自得，四时佳兴与人同”。大约诗人的领略力比一般人都要大。近来看周启孟的《雨天的书》引日本人小林一茶的一首俳句：

> 不要打哪，苍蝇搓他的手，搓他的脚呢。

觉得这种情境真是幽美。你懂得这一句诗，就懂得我所谓静趣。中国诗人到这种境界的也很多。现在姑且就一时所想到的写几句给你看：

> 鱼戏莲叶东，鱼戏莲叶西，鱼戏莲叶南，鱼戏莲叶北。
>
> ——古诗，作者姓名佚
>
> 山涤余霭，宇暧微霄。有风自南，翼彼新苗。
>
> ——陶渊明《时运》
>
> 采菊东篱下，悠然见南山。山气日夕佳，飞鸟相与还。
>
> ——陶渊明《饮酒》
>
> 目送飘鸿，手挥五弦。俯仰自得，游心太玄。
>
> ——嵇叔夜《送秀才从军》
>
> 倚仗柴门外，临风听暮蝉。渡头余落日，墟里上孤烟。
>
> ——王摩诘《赠裴迪》

像这一类描写静趣的诗，唐人五言绝句中最多。你只要仔细玩味，你便可以见到这个宇宙又有一种景象，为你平时所未见到的。梁任公的《饮冰室文集》里有一篇谈“烟士披里纯”，詹姆斯的《与教员学生谈话》（James：*Talks To Teachers and Students*）里面有三篇谈人生观，关于静趣都说得很透辟。可惜此时这两部书都不在手边，不能录几段出来给你看。你最好自己到图书馆里去查阅。詹姆斯的《与教员学生谈话》那三篇文章（最后三篇）尤其值得一读，记得我从前读这三篇文章，很受他感动。

静的修养不仅是可以使你领略趣味，对于求学处事都有极大帮助。释迦牟尼在菩提树荫静坐而证道的故事，你是知道的。古今许多伟大人物常能在仓皇扰乱中雍容应付事变，丝毫不觉张皇，就因为能镇静。现代生活忙碌，而青年人又多浮躁。你站在这潮流里，自然也难免跟着旁人乱嚷。不过忙里偶然偷闲，闹中偶然觅静，于身于心，都有极大裨益。你多在静中领略些趣味，不特你自己受用，就是你的朋友们看着你也快慰些。我生平不怕呆人，也不怕聪明过度的人，只是对着没有趣味的人，要勉强同他说应酬话，真是觉得苦也。你对着有趣味的人，你并不必多谈话，只是默然相对，心领神会，便可觉得朋友中间的无上至乐。你有时大概也发生同样感想吧？

眠食诸希珍重！

你的朋友　孟实

谈休息

在世界各民族中，我们中国人要算是最能刻苦耐劳的。第一是农人。他们日出而作，日入而息，不分阴晴冷暖，总是硬着头皮，流着血汗，忙个不休。一年之中，他们最多只能在过年过节时歇上三五天，你如果住在乡下，常看他们在炎天烈日下车水拔草，挑重担推重车上高坡，或是拉牵绳拖重载船上急滩，你对他们会起敬心也会起怜悯心，觉得他们虽是人，却在做牛马的工作，过牛马的生活。读书人比较算是有闲阶级，但在未飞黄腾达以前，也要经过一番艰苦的奋斗。从前私塾学生从天亮到半夜，都有规定的课程，休息对于他们是一个稀奇的名词。小学生们只有在先生打瞌睡时偷耍一阵，万一先生不打瞌睡，就只有找借口逃学。从前读书人误会“自强不息”的意思，以为“不息”就是不要休息。十年不下楼、十年不窥园、囊萤刺股、发愤忘食之类的故事在读书人中传为美谈，奉为模范。近代学校教育比从前私塾教育似乎也并不轻松多少。从小学以至大学，功课都太繁重，每日除上六七小时课外还要看课本做练习。世界各国学校上课钟点之多，假期之短少，似没有比得上我们的。

这种刻苦耐劳的精神原可佩服，但是对于身心两方的修养却是极大的危害。最刻苦耐劳的是我们中国人，体格最羸弱而工作最不讲效率的也是我们中国人。这中间似不无密切关系。我们对于休息的重要性太缺乏彻底的认识了。它看来虽似小问题，却为全民族的生命力所关，不能不提出一谈。

自然界事物都有一个节奏。脉搏一起一伏，呼吸一进一出，筋肉一张一弛，以至日夜的更替、寒暑的来往，都有一个劳动和休息的道理在内。草木和虫豸在冬天要枯要眠，土壤耕种了几年之后须休息，连机器输电灯线也不能昼夜不息地工作。世间没有一件事物能在一个状态维持到久远的，生命就是变化，而变化都有一起一伏的节奏。跳高者为着要跳得高，先蹲得很低；演戏者为着造成一个紧张的局面，先来一个轻描淡写；用兵者守如处女，才能出如脱兔；唱歌者为着要拖长一个高音，先须深深地吸一口气。事例是不胜枚举的。世间固然有些事可以违拗自然去勉强，但是勉强也有它的限度。人的力量，无论是属于身或属于心的，到用过了限度时，必定是由疲劳而衰竭，由衰竭而毁灭。譬如弓弦，老是尽量地拉满不放松，结果必定是裂断。我们中国人的生活常像满引的弓弦，只图张的速效，不顾弛的蓄力，所以常在身心俱惫的状态中。这是政教当局必须设法改善的。

一般人以为多延长工作的时间就可以多收些效果，比如说，一天能走一百里路，多走一天，就可以多走一百里路，如此天天走着不歇，无论走得多久，都可以维持一百里的速度。凡是走过长路的人都知道算盘打得不很精确，走久了不歇，必定愈走愈慢，以至完全走不动。我们走路的秘诀，“不怕慢，只怕站”，实在只是片面的真理。永远站着固然不行，永远不站也不一定能走得远，不站就须得慢，慢有时延误事机；而偶尔站站却不至于慢，站后再走是加速度的唯一办法。我们中国人做事的通病就在怕站而不怕慢，慢条斯理地不死不活地望前挨，说不做而做着并没有歇，说做却并没有做出什么名色来。许多事就这样因循耽误了。我们只讲工作而不讲效率，在现代社会中，不讲效率，就要落后。西方各国都把效率看作一个迫切的问题，心理学家对这问题做了无数的实验，所得的结论是：以同样时间去做同样工作，有休息的比没有休息的效率大得多。比如说，一长页的算学加法习题，继续不断地去做要费两点钟，如果先做五十分钟，继以二十分钟的休息，再做五十分钟，也还可以做完，时间上无损失而错误却较少。西方新式工厂大半都已应用这个原则去调节工作和休息的时间，结果工人的工作时间虽然少了，雇主的出品质量反而增加了。一般人以为休息是浪费时间，其实不休息的工作才真是浪费时间。此外还有精力的损耗更不经济。拿中国人与西方人相比，可工作的年龄至少有二十年的差别。我们到五六十岁就衰老无能为，他们那时还正年富力强，事业刚开始，这分别有多大！

休息不仅为工作蓄力，而且有时工作必须在休息中酝酿成熟。法国大数学家潘嘉赉[①]研究数学上的难题，苦思不得其解，后来跑到街上闲逛，原来费尽气力不能解决的难题却于无意中就轻轻易易地解决了。据心理学家的解释，有意识作用的工作须得退到潜意识中酝酿一阵，才得着土生根。通常我们在放下一件工作之后，表面上似在休息，而实际上潜意识中那件工作还在进行，詹姆斯有“夏天学溜冰，冬天学泅水”的比喻，溜冰本来是前冬练习的，今夏无冰可溜，自然就想不到溜冰，算是在休息，但是溜冰的筋肉技巧却恰巧此时凝固起来。泅水也是如此，一切学习都如此。比如我们学写字，用功甚勤，进步总是显得很慢，有时甚至越写越坏。但是如果停下一些时候再写，就猛然觉得字有进步。进步之后又停顿，停顿之后又进步，如此辗转多次，字才易写得好。习字需要停顿，也是因为要有时间让筋肉技巧在潜意识中酝酿凝固。习字如此，习其他技术也是如此。休息的工夫并不是白费的，它的成就往往比工作的成就更重要。

《佛说四十二章经》里有一段故事，戒人为学不宜操之过急，说得很好：

沙门夜诵迦叶佛教遗经，其声悲紧，思悔欲退。佛问之曰：“汝昔在家，曾为何业？”对曰：“爱弹琴。”佛言：

① 现多译作庞加莱。

“弦缓如何？”对曰：“不鸣矣。”“弦急如何？”对曰：“声绝矣。”“急缓得中如何？”对曰：“诸音普矣。”佛曰：“沙门学道亦然。心若调适，道可得矣。于道若暴，暴即身疲；其身若疲，意即生恼；意若生恼，行即退矣。”

我国先儒如程朱诸子教人为学，亦常力戒急迫，主张“优游涵泳”。这四个字含有妙理，它所指的功夫是猛火煎后的慢火煨，紧张工作后的潜意识的酝酿。要“优游涵泳”，非有充分休息不可。大抵治学和治事，第一件要事是清明在躬，从容而灵活，常做得自家的主宰，提得起也放得下。急迫躁进最易误事。我有时写字或作文，在意兴不佳或微感倦怠时，手不应心，心里愈想好，而写出来的愈坏，在此时仍不肯丢下，带着几分气忿的念头勉强写下去，写成要不得就扯去，扯去重写仍是要不得，于是愈写愈烦躁，愈烦躁也就写得愈不像样。假如在发现神志不旺时立即丢开，在乡下散步，吸一口新鲜空气，看看蓝天绿水，陡然间心旷神怡，回头来再伏案做事，便觉精神百倍，本来做得很艰苦而不能成功的事，现在做起来却有手挥目送之乐，轻轻易易就做成了。不但作文写字如此，要想任何事做得好，做时必须精神饱满，工作成为乐事。一有倦怠或烦躁的意思，最好就把它搁下休息一会儿，让精神恢复后再来。

人须有生趣才能有生机。生趣是在生活中所领略得的快乐，生机是生活发扬所需要的力量。诸葛武侯所谓“宁静以致远”就包含生趣和生机两个要素在内，宁静才能有丰富的生趣和生机，而没有充分休息做优游涵泳的功夫的人们决难宁静。世间有许多过于辛苦的人，满身是尘劳，满腔是杂念，时时刻刻都为环境的需要所驱遣，如机械一般流转不息，自己做不得自己的主宰，呆板枯燥，没有一点生人之趣。这种人是环境压迫的牺牲者，没有力量抬起头来驾驭环境或征服环境，在事业和学问上都难有真正的大成就。我认识许多穷苦的农人、孜孜不辍的老学究和一天在办公室坐八小时的公务员，都令我起这种感想。假如一个国家里都充满着这种人，我们很难想象出一个光明世界来。

基督教的《圣经》叙述上帝创造世界的经过，于每段工作完成之后都赘上一句说："上帝看看他所做的事，看，每一件都很好！"到了第七天，上帝把他的工作都完成了，就停下来休息，并且加福于这第七天，因为在这一天他能够休息。这段简单的文字很可耐人寻味。我们不但需要时间工作，尤其需要时间对于我们所做的事回头看一看，看出它很好；并且工作完成了，我们需要一天休息来恢复疲劳的精神，领略成功的快慰。这一天休息的日子是值得"加福的""神圣化的"（《圣经》里所用的字是blessed and sanctified）。在现代紧张的生活中，我们"车如流水马如龙"地向前直滚，曾不留下一点时光做一番静观和回味，以至华严世相都在特别快车的窗子里滑了过去，而我们也只是轮回戏盘中的木人木马，有上帝的榜样在那里而我们不去学，岂不是浪费生命！

我生平最爱陶渊明在《自祭文》里所说的两句话："勤靡余劳，心有常闲。"上句是尼采所说的狄俄倪索斯的精神，下句则是阿波罗的精神。动中有静，常保存自我主宰，这是修养的极境，人事算尽了，而神仙福分也就在尽人事中享着。现代人的毛病是“勤有余劳，心无偶闲”。这毛病不仅使生活索然寡味，身心俱惫，于事劳而无功，而且使人心地驳杂，缺乏冲和弘毅的气象，日日困于名缰利锁，叫整个世界日趋于干枯黑暗。但丁描写魔鬼在地狱中受酷刑，常特别着重“不停留”或“无间断”的字样。“不停留”“无间断”自身就是一种惩罚，甘受这种惩罚的人们是甘愿人间成为地狱，上帝的子孙们，让我们跟着他的榜样，加福于我们工作之后休息的时光啊！

谈消遣

身和心的活动都有有节奏的周期，这周期的长短随各人的体质和物质环境而有差异。在周期限度之内，工作有它的效果，也有它的快慰。过了周期限度，工作就必产生疲劳，不但没有效果，而且成为苦痛。到了疲劳，就必定有休息，才能恢复工作的效果。这道理极浅，无用深谈。休息的方式甚多，最理想而亦最普遍的是睡眠。在睡眠中生理的功能可以循极自然的节奏进行，各种筋肉虽仍在活动，却不需要紧张的注意力，也没有工作情境需要所加的压迫，它的动作是自由的、自然的、不费力的、倾向弛懈的。一个人如果每天在工作疲劳之后能得到充分时间的熟睡，比任何养生家的秘诀都灵验。午睡尤其有效。午睡醒了，午后又变成了清晨，一日之中就有两度的朝气。西方有些中小学里，时间表内有午睡的规定，那是很合理的。我国的理学家和各派宗教家于睡眠之外练习静坐。静坐可以使心境空灵，生理功能得到人为的调节，功用有时比睡眠更大。但是初习静坐需要注意力的控制，有几分不自然，不易成为恒久的习惯，而且在近代生活状况之下，静坐的条件不易具备，所以它不能很普遍。

睡眠与静坐都不能算是完全的休息，因为许多生理的功能照旧在进行。严格地说，生物在未死以前决不能有完全的休息。有生气就必有活动，“活”与“动”是不可分的。劳而不息固然是苦，息而不劳尤其是苦。生机需要修养，也需要发泄。生机旺而不泄，像春天的草木萌芽被砖石压着，或是把压力推开，冲吐出来，或是变成拳曲黄瘦，失去自然的形态。心理学家已经很明白地指示出来：许多心理的毛病都起于生机不得正当的发泄。从一般生物的生活看，精力的发泄往往同时就是精力的蓄养。人当少壮时期，精力最弥满，需要发泄也就愈强烈，愈发泄，精力也就愈充足。一个生气蓬勃的人必定有多方的兴趣，在每方面的活动都比常人活跃，一个人到了可以索然枯坐而不感觉不安时，他必定是一个行将就木的病夫或老者。如果他们在健康状态中，需要活动而不得活动，他必定感到愁苦抑郁。人生最苦的事是疾病幽囚，因为在疾病幽囚中，他或是失去了精力，或是失去了发泄精力的自由。

精力的发泄有两种途径：一是正当工作，一是普通所谓消遣，包含各种游戏运动和娱乐在内。我们不能用全副精力去工作，因为同样的注意方向和同样的筋肉动作维持到相当的限度，必定产生疲劳，如上所述。人的身心构造是依据分工合作原理的。对于各种工作我们都有相当的一套机器、一种才能和一副精力。比如说，要看有眼，要听有耳，要走有脚，要思想有头脑。我们运用眼的时候，耳可以休息；运用脑的时候，脚可以休息。所以在专用眼之后改着去用耳，或是在专用脑之后改着去用脚，我们虽然仍旧在活动，所用以活动的只是耳或脚，眼或脑就可以得到休息了。这种让一部分精力休息而另一部分精力活动的办法在西文中叫作diversion，可惜在中文里没有恰当的译名。这也足见我们没有注意到它的重要。它的意义是“转向”，工作方面的“换口味”，精力的侧出旁击。我们已经说过，生物不能有完全的休息，普通所谓休息，除睡眠以外，大半是diversion，这种“换口味”的办法对于停止的活动是精力的蓄养，对于正在进行的另一活动是精力的发泄。它好比打仗，一部分兵力上前线，另一部分兵力留在后面预备补充。全体的兵力都上了前线，难乎为继；全体的兵力都在后方按兵不动，过久也会疲老无用，仗自然更打不起来。更番瓜代仍是精力的最经济最合理的支配，无论是在军事方面或是在普通生活方面。

更番瓜代有种种方式。普通读书人用脑的机会比较多，最好常在用脑之后作一番筋肉活动，如散步、打球、栽花、做手工之类，一方面可以使脑得休息而恢复疲劳，一方面也可以破除同一工作的单调，不至发生厌闷。卢梭谈教育，主张学生多习手工，这不但因为手工有它的特殊的教育功效，也因为用手对于用脑是一种调节。大哲学家斯宾诺莎于研究哲学之外，操磨镜的职业，这固然是为着生活，实在也很合理，因为两种性质相差很远的工作互相更换，互为上文所说的diversion，对于心身都有好影响。就生活理想说，劳心与劳力应该具备于一身，劳力的人绝对不劳心固然变成机械，劳心的人绝对不劳力也难免文弱干枯。现在劳心与劳力成为两种相对峙的阶级，这固然是历史与社会环境所造成的事实，但是我们应该不要忘记它并不甚合理。在可能范围之内，我们应该求心与力的活动能调节适中。我个人很羡慕中世纪欧洲僧院的生活，他们一方面诵经、钞书、画画而且作很精深的哲学研究，一方面种地、砍柴、酿酒、织布。我尝想到我们的学校在这个经济凋敝之际为什么不想一个自给自足的办法，有系统有计划地采行半工半读制？这不仅是从经济着眼，就从教育着眼，这也是一种当务之急。大部分学生来自田间，将来纵不全数回到田间，也要走进工厂或公务机关；如果在学校里只养成少爷小姐的心习，全不懂民生疾苦，他们决难担负现时代的艰巨责任。当然，本文所说的劳心与劳力的调剂也是一个重要的理由。

不同性质的工作更番瓜代，固可以收到调剂和休息的效用，可是一个人不能时时刻刻都在工作，事实上没有这种需要，而且劳苦过度，工作也变成一种苦事，不能有很大的效率。我们有时须完全放弃工作，做一点无所为而为的活动，享受一点自由人的幸福。工作都有所为而为，带有实用目的；无所为而为，不带实用目的活动，都可以算作消遣。我们说“消遣”，意谓“混去时光”，含义实在不很好，西方人说“转向”（diversion），意谓“把精力朝另一方面去用”，它和工作同称为occupation，比较可以见出消遣的用处。所谓occupation无恰当中文译词，似包含“占领”和“寄托”二义。在工作和消遣时，都有一件事物“占领”着我们的身心，而我们的身心也就“寄托”在那一件事物里面。身心寄托在那里，精力也就发泄在那里。拉丁文有一句成语说：“自然厌恶空虚。”这句话近代科学仍奉为至理名言。在物理方面，真空固不易维持，一有空隙，就有物来占领；在心理方面，真空虽是一部分宗教家（如禅宗）的理想，在实际上也是反乎自然而为自然所厌恶。我们都不愿意生活中有空隙，都愿常有事物“占领”着身心，没有事做时须找事做，不愿做事时也不甘心闲着，必须找一点玩意儿来消遣，否则便觉得厌闷苦恼。闲惯了，闷惯了，人就变干枯无生气。

消遣就是娱乐，无可消遣当然就是苦闷。世间欢喜消遣的人，无论他们的嗜好如何不同，都有一个共同点，就是他们必都有强旺的生活力，运动家和艺术家如此，嫖客赌徒乃至于烟鬼也是如此。他们的生活力强旺，发泄的需要也就跟着急迫。他们所不同者只在发泄的方式。这有如大水，可以灌田、发电或推动机器，也可以泛滥横流，淹毙人畜草木。同是强旺的生活力，用在运动可以健身，用在艺术可以怡情养性，用在吃喝嫖赌就可以劳民伤财，为非作歹。“浪子回头是个宝”，也就是这个道理。所以消遣看来虽似末节，却与民族性格、国家风纪都有密切关系。一个民族兴盛时有一种消遣方式，颓废时又有另一种消遣方式。古希腊罗马在强盛时，人民都欢喜运动、看戏、参加集会，到颓废时才有些骄奢淫逸的玩意儿如玩娈童、看人兽斗之类。近代条顿民族多欢喜户外运动，而拉丁民族则多消磨时光于咖啡馆与跳舞厅。我国古代民族娱乐花样本极多，如音乐、跳舞、驰马、试剑、打猎、钓鱼、斗鸡、走狗等等都含有艺术意味或运动意味。后来士大夫阶级偏嗜琴棋书画，虽仍高雅，已微嫌侧重艺术，带有几分“颓废”色彩。近来“民族形式”的消遣似只有打麻将、坐茶馆、吃馆子几种。对于这些玩意儿不感兴趣的人们除着做苦工之外，就只有索然枯坐，不能在生活中领略到一点乐趣。我经过几个大学和中学，看见大部分教员和学生终年没有一点消遣，大家都喊着苦闷，可是大家都不肯出点力把生活略加改善，提倡一些高级趣味的娱乐来排遣闲散时光。从消遣一点看，我们可以窥见民族生命力的低降。这是一个很危险的现象。它的原因在一般人不明了消遣的功用，把它太看轻了。

其实这事并不能看轻。柏拉图计划理想国的政治，主张消遣娱乐都由国法规定。儒家标六艺之教，其中礼、乐、射、御四项都带有消遣娱乐意味，只书、数两项才是工作。孔子谈修养，“居于仁”之后即继以“游于艺”，这足见中西哲人都把消遣娱乐看得很重，梁任公先生有一文讲演消遣，可惜原文不在手边，记得大意是反对消遣浪费时光。他大概有见于近来我国一般消遣方式趣味太低级。但我们不能因噎废食。精力必须发泄，不发泄于有益身心的运动和艺术，便须发泄于有害身心的打牌、抽烟、喝酒。我们要禁绝有害身心的消遣方式，必须先提倡有益身心的消遣方式。比如水势须决堤泛滥，你不愿它决诸东方，就必须让它决诸西方，这是有心政治与教育的人们所应趁早注意设法的。要复兴民族，固然有许多大事要做，可是改善民众消遣娱乐，也未见得就是小事。

谈体育

理想的教育应以发展全人为鹄的。全人包括身心两方面，修养也应同时顾到这两方面。心的修养包含智育、德育、美育三项，相当于知、情、意三种心理机能。身的修养即通常所谓体育。近来我们的教育对于心的修养多偏重智育，德育与美育多被忽视。这种畸形的发展酿成一般人的道德堕落与趣味低下，已为共见周知的事实。至于体育更是落后。学校虽设有体育这门功课，大半是奉行公事，体育教员一向被轻视，学生不注意体育可不致影响升级和毕业，学校在体育设备上花的费用在整个预算上往往不及百分之一。如果你把身心的重要看作平等，把心的方面知、情、意三种机能的重要也看作平等，再把目前教育状况衡量一下，就可以想到我们的教育的不完善到了什么一个程度。德育和美育至少在理论上还有人在提倡，体育则久已降于不议不论之列了。体育所以落到这种无足轻重的地位，大半因为一般人根本误认体肤没有心灵那么高贵，一部分宗教家和哲学家甚至把体肤看成心灵的迷障，要修养心灵须先鄙弃体肤的需要。我们崇拜甘地，仿佛以为甘地成就他的特殊精神，就与他的身体瘦弱有关，身体不瘦弱，就不能成圣证道。这种错误的观念不破除，我们根本不能谈体育。

生命是有机的，身与心虽可分别却不可割裂；没有身就没有心，身体不健全，心灵就不会健全。这道理可以分几点来说。

第一，身体不健全，聪明智慧不能发展最高度的效能。我们中国民族的聪明智慧并不让西方人，但是在学问事业方面的造就，我们常常赶不上他们。原因固然很多，身体羸弱是最重要的一种。普通欧美人士说："生命从四十岁开始。"他们到了五六十岁时，还是血气方刚，还有二三十年可以在学问事业方面努力。但是普通中国人到了四十岁以后，精力就逐渐衰惫，在西方人正是奋发有为的时候，我们已宣告体力的破产，做告老退休的打算。在普通西方人，头三四十年只是训练和准备的时期，后三四十年才可以谈到成就与收获；在我们中国人，刚过了训练和准备的时期，可用的精力就渐就耗竭，犹如果子未成熟就萎落，如何能谈到成就与收获呢？无论是读书、写字、做文章、演说、打仗或是办事，必须精力弥满，才可以好。尤其是做比较重大的工作，我们需要持久的努力，要能挣扎到底，维持最后五分钟的奋斗。我们做事，往往开头很起劲，以后越做越觉得精力不济，那最后五分钟最难挨过，以致功亏一篑。这就由于身体羸弱，生活力不够。

其次，身体羸弱可以影响到性情和人生观。我常分析自己，每逢性情暴躁，容易为小事动气时，身体方面总有些毛病，如头痛、牙痛、胃痛之类；每逢心境颓唐、悲观厌世时，大半精疲力竭，所能供给的精力不够应付事物的要求，这在生病或失眠时最易发生。在睡了一夜好觉之后，清晨爬起来，觉得自已生气蓬勃，心里就特别畅快，对人也就特别和善。我仔细观察我所常接触的人，发现体格与心境的密切关系是很普遍的。我没有看见一个真正康健的人为人不和善，处世不乐观；也没有看见一个愁眉苦脸的人在身体方面没有丝毫缺陷。我们中国青年中许多人都悲观厌世、暮气沉沉，我敢说这大半是身体不健康的结果。

第三，德行的亏缺大半也可归原到身体的羸弱。西谚说："健全精神宿于健全身体。"这句话的意味实在深长。我常分析中国社会的病根，觉得它可以归原到一个字——懒。懒，所以萎靡因循，遇应该做的事拿不出一点勇气去做；懒，所以马虎苟且，遇不应该做的事拿不出一点勇气去决定不做；懒，于是对一切事情朝抵抗力最低的路径走，遇事偷安取巧，逐渐走到人格的堕落。懒的原因在哪里呢？懒就是物理学上的惰性，由于动力的缺乏，换言之，由于体力的虚弱。比如机器要产生动力，必须开足马达，要开足马达，必须电力强大。身体好比马达，生活力就是电力，而努力所需要的坚强意志就是动力。生活力不旺——这就是说，体力薄弱——身体那一个马达就开不动，努力所需要的动力就无从产生。所以精神的破产毕竟起于身体的破产。

生命是一种无底止的奋斗。一个士兵作战，一个学者研究学问，或是一个普通公民勇于尽自己的职责，向一切恶引诱说一个坚决的“不”字，向一切应做的事说一个坚决的“干”字，都需要一番斗争的精神，一股蓬勃的生活力。我们多数民众所最缺乏的就是这奋斗所必需的生活力，尤其在这抗建时代，我们必须彻底认识这种缺乏的严重性，极力来弥补它。我们慢些谈学问，慢些谈道德，慢些谈任何事功，第一件要事先把身体这个机器弄得坚强结实。

要补救我们民族体格的羸弱，必先推求羸弱的病因，然后对症下药。一般人都知道一些健身的方法和道理，例如营养适宜、衣食住清洁、生活有规律、运动休息得时之类。我们中国人体格羸弱，大半由于对这些健康的基本条件没有十分注意，这是谁都会承认的。但是我以为这些条件固然重要，却都是后天的培养，最重要的还是先天的基础。比如动植物的繁殖，在同样的后天环境之下，种子好的比种子差的较易于发育茁壮。哈巴狗总不能长成狮子狗，任凭你怎样去饲养。我知道许多人一辈子注意卫生，一辈子仍是不很强壮，就吃亏在先天不足；我也知道许多人一辈子不知道什么叫作卫生，可是身体依然是坚实，他们生来就有一副铜筋铁骨。因此，我想到在体格方面，先天的基础好，比任何谨慎的后天的培养都要强；我们要想改变民族的体质，第一步要务是彻底地研究优生。在身体方面的优生，有三个要点必须注意。一、男女配合必须在发育完成之后，早婚必须绝对禁止。二、选择配偶的标准必须把身体强健放在第一位。我们应特别奖励强壮的男子配强壮的女子。已往男择女要林黛玉那样弱不禁风，工愁善病；女择男要潘安仁那样白面书生，风度儒雅。这种传统的理想必须打破。三、妇女在妊孕期内必须有极合理的调养，在生产后至少在三年之内须节制妊孕。先天的基础，母亲要奠立一大半，母亲的健康比父亲的更为重要。现在一般母亲在妊孕期劳作过度，营养不充分，而妊孕期的周率又太频繁，一年生产一次几是常事。这一点影响民族体格的健康比其他一切因素都较严重。以上三点体格优生要义我们必须灌注到每一个公民的头脑里去，在必要时，我们最好能用政府的力量帮助人民去切实施行。

至于后天的培养用不着多说，一般人都知道一些卫生常识。第一是营养必须适宜。目前物价昂贵，一般青年们正当发育的年龄，不能得到最低限度的营养，以至危害到健康。这是一个很严重的现象，政教当局必须彻底认识，急图补救。其次是生活必须有规律，起居饮食、劳作休息，都须有一定的时候、一定的分量、一定的节奏。在这一点，我们中国人的习惯很差。迟睡晚起，打牌可以打连宵，平时饮食不够营养的标准，进馆子就得把肚皮胀破，劳作者整天不得休息，游手好闲者整天不做工作，如此等类的毛病都是酿成民族羸弱的因素。单就青年说，目前各学校的功课都太繁重，营养所产生的力量过少，功课担负所要求的力量过多，供不应求，逼成虚耗。这也是一个很严重的现象。要教育合理化，各级学校的课程必须尽量裁汰。第三是心境要宽和冲淡，少动气，少存杂念。我国古代养生家素来特重这一点，所以说："养生莫善于寡欲。"我们近代人对此点似多认为陈腐，其实这很可惜。近代社会复杂，刺激特多，愈近于文明，愈远于自然，处处都是扰乱心志的事物，就是处处逼我们打消耗战。我们必须淡泊宁静，以逸待劳。这不但可以养生，也可以使学问事业得到较大的成就。

如果做到上面几点，我相信一个人不会不康健。康健的生活是正常的自然的。健康的最大秘诀就在使生活是正常的自然的。近代人谈体育，多专指运动，其实专就健康而言，运动是体育的下乘节目。运动的要义在使血液流通，筋肉平均发展，脑筋与筋肉互换劳息。这三点在普通劳作方面也可以办到。自然人都很健康，除渔猎耕作及舞蹈以外，别无所谓运动，而身体却大半很强健。不过运动确也有不能用普通劳作代替的地方。第一，它是比较的科学化，顾到全身筋肉脉络的有系统的调摄和锻炼。在近代社会中分工细密，许多人只用一部分筋肉去劳作，有系统的运动实为必要。第二，运动带有团体娱乐的意味，是群育的最好工具。在中国古代，射以观德；近代西方人也说运动可以养成“公平游艺”（fair play），一个公平正直的人有“运动家的风度”（sportsmanship）。要训练合作互助、尊重纪律的精神，最好的场所是运动场。威灵顿说：“滑铁卢的胜仗，是在义敦和哈罗两校运动场上打来的。”就是因为这个道理。从这两点说，我们急需提倡运动。不过已往饲养选手替学校争门面的办法必须废除。运动必须由学校推广到全社会，成为每个人日常生活中一个节目，如吃饭睡觉一样，它才能于全民族的健康有所补助。

给《申报周刊》的青年读者（四）——游戏与娱乐

朋友：

前信谈民族的生命力，意尚有未尽，现在再说几句话来补充。

精神的衰落由于体格的羸弱；要想振作精神，先要设法强健身体；要想强健身体，不能不求运动的普通化。这个道理本极浅近，许多人因为它浅近而忽视它的重要，所以我在前信中反复陈之。今天我所要补充的话是关于游戏与娱乐的。我的要旨可以用一两句话说完：无论是民族或是个人，生命力的富裕都流露于游戏与娱乐，所以如果你要观察一个人或是一个民族有无生气，游戏与娱乐是最好的试水准。中国民族现在已走到衰残老朽无生气的地步，最显著的征兆就在缺乏正当的游戏和娱乐。这是一般人所承认的。我以为我们还可以进一步说：游戏和娱乐的缺乏不仅是生命力枯涸的征兆，简直是生命力枯涸的原因。前信所说的运动只能算是游戏与娱乐中的一个小节目。如果我们想把中国民族改造成一种活泼有生气的民族，只提倡运动还不够，我们应该多多注意一般的游戏与娱乐。

让我们看看欧美人的生活！他们每天工作都有一定的时间，一到下了工，无论是男的女的、老的少的、贫的富的，都如醉如狂地各寻各的娱乐：看戏、跳舞、听音乐、打球、逛公园、上咖啡馆，一玩就玩一个痛快；到第二天起来，又抖擞精神，各做各的工作，一做也就做一个痛快。一到礼拜天或是其他假期，他们简直像学童散学，或是囚犯出牢似的，说不出来那一股快乐劲儿。有钱的人坐头等车到海滨去洗澡晒太阳，没有钱的人也背一袋干粮徒步走到附近的山上或河边，过一天痛快的逍遥生活。我从前住法国时，曾寄居在一个乡下人家，主人是一个寻常的工人，所赚的工资恰够维持家用，看他处处都很节省，但是一到假期，他总是把一礼拜中辛苦所挣的些微储蓄花在娱乐方面。他虽然是很穷，生活却过得很舒适。到晚间来，他的妻子要弹一阵子钢琴，他的小孩要唱几曲歌，玩几种把戏，他自己要讲一段故事，说几句笑话。一家四五口人居然过得很热闹，很快活。在这种小家族中你绝对感觉不到单调乏味或是寂寞。总之，无论是在野外，在公共娱乐场，或是在家庭里面，他们处处都流露一种蓬蓬勃勃的生气，个个人都觉得生活是一件乐事，因为个个人都知道怎样生活。

让我们回头看看我们中国人的生活！大多数小百姓整天整年地像牛马一样地劳作，肩背上老是感觉到生活的压迫，面孔上老是表现奔波劳碌所酿成的憔悴，没有一刻休息的时间，更谈不到什么消遣和娱乐。许多人都在夸奖中国人这种刻苦耐劳的本领，不知道刻苦耐劳固然可钦佩，过分劳苦的生活也是剥削民族元气的刀锯。弓有弛才能有张，张而不弛，过了一定的限度必定裂断，至少也要失去它的弹性与射击力。中国民族生活就像永远是攀满弦的弓，现在似乎已逼近筋疲力尽的日子了。姑就工作的效率说，学过心理学的人都知道，接连做十二点钟的工不如拿六点钟来休息寻娱乐，以剩下的六点钟去聚精会神地工作。所以欧美人虽然每天只做八小时左右的工，而效率反比我们整天做得不歇大得多。我们一般中国人，做既然没好好地做，玩也没有好好地玩，只不松不紧地拖下去，结果是弄得体力俱敝而事无所成。这是中国社会一个极严重的病象，如果掌政教之责的人们一日不觉悟到它的严重性而急谋救药，我相信中国民族就一日没有恢复生命力的希望。

生命是需要流动变化而厌恶单调板滞的。地下的泉水要流通才能兴旺。它愈有机会发泄，就愈源源不绝地涌出。如果你把它的出口塞住，它不是停蓄淤滞，就是泛滥横流。人的生命力也是如此。人生来就有种种本能、情欲和其他自然倾向，每种都有一种潜力附丽在上面，这种潜力正如泉水，要流通发泄，才能生发不穷。弗洛伊德派心理学很明白地告诉我们：近代人的许多心理变态都起于人性的自然要求不得适当的满足。所以新近哲学家们都以为最健全的人生理想是多方面的自由发展；压抑某一部分性格，让某另一部分性格畸形发展，是一种最误事的办法。不幸得很，我们中国人已往所采取的恰是这种最误事的办法。小孩子生下来就要受种种束缚和钳制，许多健康人所必有的自然冲动老早就被压抑下去，还未少年，便已老成。到了老成，束缚更多。尤其是受过教育的人们要扮一副儒雅严肃面孔，一辈子不能痛痛快快地过一天自然人的生活。游戏便是轻薄，娱乐全不正经。“人生而静，天之性”，所以“静”到老到死是最高的理想。我常想，中国人在精神方面尽是一些驼子、跛子、瞎子，四肢挛曲，五官不全，好比园中的花木，全被花匠用人工弯扭成种种不自然的形状，他们的生活干枯，他们的容貌憔悴，他们的文化衰落，都是事有必至，理有固然的。

游戏与娱乐是人生自然需要，中国人决不是例外。有这种需要而没有这种机会，于是种种变态的不正当的满足的方法就起来了。外国人有闲工夫就去泅水、打球、爬山、逛公园，中国人有闲工夫就守着方桌打麻将，躺在床上抽大烟，比较新式的也不过是挤到肉臭熏天的电影院和跳舞场里去凑热闹。我可以说，中国人所有的娱乐都是文化衰落后的病态的象征，它们的功用不在调剂生活的单调、求多方面的发展，而在姑图一时的强刺激和麻醉，与吗啡针绝对没有分别。

我说正当的游戏和娱乐的缺乏足征中国文化的衰落与民族生命力的枯竭，听者也许以为过甚其辞。其实我们如果稍稍研究古代中国人的生活状况，就知道这是不可逃避的结论。在古代小学教育中六艺是必修科，其中不但射、御，就是礼、乐、书、数也多少含有游戏与娱乐的性质。公私宴会中奏乐、唱歌、投壶、跳舞往往是必有的节目，平民娱乐如博箭、摴蒲、斗鸡、走狗、击剑、跳丸、履緪、戏车、弄马、藏钩、射覆、击钱、掷豆等五花八门，简直数不清楚。孔子有一天叫门人们谈各人的志向。曾点说："暮春者，春服既成，冠者五六人，童子六七人，浴乎沂，风乎舞雩，咏而归。"孔子听了特别赞赏他说："吾与点也！"可见古代儒家也并不提倡不近人情的枯燥生活。我们现在回头看看，古书中所载的许多游艺杂技有几种保存到现在？拿现代中国人的生活比周秦时代的生活，相差有几远？中国人本来欢喜唱歌，现在已失去唱歌的习惯；本来欢喜跳舞，现在已失去跳舞的习惯；本来欢喜射、御以及许多其他杂艺，现在这些杂艺变为士大夫所不齿的"鄙事"。你说这不是文化衰落的征兆？最显著的是乐歌的灭亡。乐歌是生气的最真切的表现。世界上没有一个有生气的民族不欢喜唱歌奏乐，而中国民族在世界中可说已经退化成为最不会唱歌奏乐的民族。别说这是小事！它比一般人所慨叹的"人心不古，世道沦夷"还更可危惧，因为浪子终可回头，而老朽是必趋于枯死。

我有许多幼年时代的英俊的同学现在都在抽大烟，或是整天地打麻将、逛窑子。想到他们，我不禁慨叹一个人在中国其容易毁；同时，也替未来的许多英俊青年栗栗危惧。谁敢说将来中国没有一天会亡于鸦片与麻将？政府在高唱禁烟禁赌，我以为这还是治标的办法，治本的办法是提倡多方面的正当游戏和娱乐。许多事情都由习惯养成，比如外国传来的跳舞，许多年轻男女都已学会了，难道许多其他比较有益的玩意儿就学不会吗？唱歌、弹琴、爬山、泅水、划船、打球、骑马、野餐、旅行，哪一件不比抽鸦片、打麻将强？谁不知抽鸦片、打麻将是坏事？但是在中国生活真枯燥，许多人都被单调和厌倦逼得睁着眼睛下火坑。如有正当的娱乐，许多坏嗜好是不禁自禁的。

一个人如果有正当的游戏和娱乐，对于生活兴趣一定浓厚，心境一定没有忧郁或厌倦，精神一定发扬活泼，做事一定能勇往直前。一个民族如果相习成风地嗜好正当的游戏和娱乐，它的生气一定是蓬蓬勃勃的，文化衰落后的种种变态的不康健的恶习一定不能传染到它身上。所以在今日中国青年图谋民族复兴应注意的事项中，我把游戏和娱乐摆在一个极重要的地位。我奉劝我所敬爱的青年们都趁早学几种游戏，寻几种有益身心的娱乐的方法，多唱歌，多驰马试剑，别再像我们这一辈子人们天天在房子里枯坐着，埋怨生活单调苦闷！

光潜

辑四 风物长宜放眼量

宇宙间许多至理妙谛，寄寓于极平常微细的事物中，往往被粗心浮气的人们忽略过。冷静的人才能静观，才能发现「万物皆自得」。

生命

说起来已是二十年前事了。如今我还记得清楚，因为那是我生平中一个最深刻的印象。有一年夏天，我到苏格兰西北海滨一个叫作爱约夏的地方去游历，想趁便去拜访农民诗人彭斯的草庐。那一带地方风景仿佛像日本内海而更曲折多变化。海湾伸入群山间成为无数绿水映着青山的湖。湖和山都老是那样恬静幽闲而且带着荒凉景象，几里路中不容易碰见一个村落，处处都是山、谷、树林和草坪。走到一个湖滨，我突然看见人山人海，男的女的，老的少的，穿深蓝大红衣服的，褴褛蹒跚的，蠕蠕蠢动，闹得喧天震地：原来那是一个有名的浴场。那是星期天，人们在城市里做了六天的牛马，来此过一天快活日子。他们在炫耀他们的服装，他们的嗜好，他们的皮肉，他们的欢爱，他们的文雅与村俗。像湖水的波涛汹涌一样，他们都投在生命的狂澜里，尽情享一日的欢乐。就在这么一个场合中，一位看来像是皮鞋匠的牧师在附近草坪中竖起一个讲台向寻乐的人们布道。他也吸引了一大群人。他喧嚷，群众喧嚷，湖水也喧嚷，他的话无从听清楚，只有“天国”“上帝”“忏悔”“罪孽”几个较熟的字眼偶尔可以分辨出来。那群众常是流动的，时而由湖水里爬上来看牧师，时而由牧师那里走下湖水。游泳的游泳，听道的听道，总之，都在凑热闹。

对着这场热闹，我伫立凝神一反省，心里突然起了一阵空虚寂寞的感觉，我思量到生命的问题。摆在我们面前的显然就是生命。我首先感到的是这生命太不调和。那么幽静的湖山当中有那么一大群嘈杂的人在嬉笑取乐，有如佛堂中的蚂蚁抢搬虫尸，已嫌不称；又加上两位牧师对着那些喝酒、抽烟、穿着游泳衣裸着胳膊大腿卖眼色的男男女女讲“天国”和“忏悔”，这岂不是对于生命的一个强烈的讽刺？约翰授洗者在沙漠中高呼救世主来临的消息，他的声音算是投在虚空中了。那位苏格兰牧师有什么可比得约翰？他以布道为职业，于道未必有所知见，不过剽窃一些空洞的教门中语扔到头脑空洞的人们的耳里，岂不是空虚而又空虚？推而广之，这世间一切，何尝不都是如此？比如那些游泳的人在尽情欢乐，虽是热烈，却也很盲目，大家不过是机械地受生命的动物的要求在鼓动驱遣，太阳下去了，各自回家，沙滩又恢复它的本来的清寂，有如歌残筵散。当时我感觉空虚寂寞者在此。

但是像那一大群人一样，我也欣喜赶了一场热闹，那一天算是没有虚度，于今回想，仍觉那回事很有趣。生命像在那沙滩所表现的，有图画家所谓阴阳向背，你跳进去扮演一个角色也好，站在旁边闲望也好，应该都可以叫你兴高采烈。在那一顷刻，生命在那些人们中动荡，他们领受了生命而心满意足了，谁有权去鄙视他们，甚至于怜悯他们？厌世疾俗者一半都是妄自尊大，我惭愧我有时未能免俗。

孔子看流水，发过一个最深永的感叹，他说："逝者如斯夫，不舍昼夜！"生命本来就是流动，单就"逝"的一方面来看，不免令人想到毁灭与空虚。但是这并不是有去无来，而是去的若不去，来的就不能来，生生不息，才能念念常新。莎士比亚说生命"像一个白痴说的故事，满是声响和愤激，毫无意义"，虽是慨乎言之，却不是一句见道之语。生命是一个说故事的人，虽老是抱着那么陈腐的"母题"转，而每一顷刻中的故事却是新鲜的，自有意义的。这一顷刻中有了新鲜有意义的故事，这一顷刻中我们心满意足了，这一顷刻的生命便不能算是空虚。生命原是一顷刻接着一顷刻地实现，好在它"不舍昼夜"。算起总账来，层层实数相加，决不会等于零。人们不抓住每一顷刻在实现中的人生，而去追究过去的原因与未来的究竟，那就犹如在相加各项数目的总和之外求这笔加法的得数。追究最初因与最后果，都要走到"无穷追溯"（reductio ad infintum）。这道理哲学家们本应知道，而爱追究最初因与最后果的偏偏是些哲学家们。这不只是不谦虚，而且是不通达。一件事物实现了，它的形象在那里，它的原因和目的也就在那里。种中有果，果中也有种，离开一棵植物无所谓种与果，离开种与果也无所谓一棵植物（像我的朋友废名先生在他的《阿赖耶识论》里所说明的）。比如说一幅画，有什么原因和目的！它现出一个新鲜完美的形象，这岂不就是它的生命，它的原因，它的目的？

且再拿这幅画来比譬生命。我们过去生活正如画一幅画，当前我们所要经心的不是这幅画画成之后会有怎样一个命运，归于永恒或是归于毁灭，而是如何把它画成一幅画，有画所应有的形象与生命。不求诸抓得住的现在而求诸渺茫不可知的未来，这正如佛经所说的身怀珠玉而向他人行乞。但是事实上许多人都在未来的永恒或毁灭上打计算。波斯大帝带着百万大军西征希腊，过海勒斯朋海峡时，他站在将台看他的大军由船桥上源源不绝地度过海峡，他忽然流涕向他的叔父说："我想到人生的短促，看这样多的大军，百年之后，没有一个人还能活着，心里突然起了阵哀悯。"他的叔父回答说："但是人生中还有更可哀的事咧，我们在世的时间虽短促，世间没有一个人，无论在这大军之内或在这大军之外，能够那样幸运，在一生中不有好几次不愿生而宁愿死。"这两人的话都各有至理，至少是能反映大多数人对于生命的观感。嫌人生短促，于是设种种方法求永恒。秦皇汉武信方士，求神仙，以及后世道家炼丹养气，都是妄想所谓"长生"。"服食求神仙，多为药所误，不如饮美酒，被服纨与素"，这本是诗人愤疾之言，但是反话大可作正话看；也许作正话看，还有更深的意蕴。说来也奇怪，许多英雄豪杰在生命的流连上都未能免俗，我因此想到曹孟德的遗嘱：

吾死之后，葬于邺之西冈上，妾与妓人皆着铜雀台，台上施六尺床，下穗帐。朝哺上酒脯粻糒之属，每月朔十五，辄向帐前作伎，汝等时登台望吾西陵墓田。

他计算得真周到，可怜虫！谢朓说得好：

穗帷飘井干，樽酒若平生。

郁郁西陵树，讵闻歌吹声！

孔子毕竟是达人，他听说桓司马自为石郭，三年而不成，便说“死不如速朽之为愈也”。谈到朽与不朽问题，这话也很难说。我们固无庸计较朽与不朽，朽之中却有不朽者在。曹孟德朽了，铜雀台妓也朽了，但是他的那篇遗嘱，何逊、谢朓、李贺诸人的铜雀台诗，甚至于铜雀台一片瓦，于今还叫讽咏摩娑的人们欣喜赞叹。“前水复后水，古今相续流”，历史原是纳过去于现在，过去的并不完全过去。其实若就种中有果来说，未来的也并不完全未来。这现在一顷刻实在伟大到不可思议，刹那中自有终古，微尘中自有大千，而汝心中亦自有天国。这是不朽的第一义谛。

相反两极端常相交相合。人渴望长生不朽，也渴望无生速朽。我们回到波斯大帝的叔父的话：“世间没有一个人在一生中不有好几次不愿生宁愿死。”痛苦到极点想死，一切自杀者可以为证；快乐到极点也还是想死，我自己就有一两次这样经验，一次是在二十余年前一个中秋前后，我乘船到上海，夜里经过焦山，那时候大月亮正照着山上的庙和树，江里的细浪像金线在轻轻地翻滚，我一个人在甲板上走，船上原是载满了人，我不觉得有一个人，我心里那时候也有那万里无云，水月澄莹的景象，于是非常喜悦，于是突然起了脱离这个世界的愿望。另外一次也是在秋天，时间是傍晚，我在北海里的白塔顶上望北平城里底楼台烟树，望到西郊的远山，望到将要下去的红烈烈的太阳，想起李白的“西风残照，汉家陵阙”那两个名句，觉得目前的境界真是苍凉而雄伟，当时我也感觉到我不应该再留在这个世界里。我自信我的精神正常，但是这两次想死的意念真来得突兀。诗人济慈在《夜莺歌》里于欣赏一个极幽美的夜景之后，也表示过同样的愿望，他说：

> Now more than ever seems it rich to die.
>
> 现在死像比任何时都较丰富。

他要趁生命最丰富的时候死，过了那良辰美景，死在一个平凡枯燥的场合里，那就死得不值得。甚至于死本身，像鸟歌和花香一样，也可成为生命中一种奢侈的享受。我两次想念到死，下意识中是否也有这种奢侈欲，我不敢断定。但是如今冷静地分析想死的心理，我敢说它和想长生的道理还是一样，都是对于生命的执着。想长生是爱着生命不肯放手，想死是怕放手轻易地让生命溜走，要死得痛快才算活得痛快，死还是为着活，为着活的时候心里一点快慰。好比贪吃的人想趁吃大鱼大肉的时候死，怕的是将来吃不到那样好的，根本还是由于他贪吃，否则将来吃不到那样好的，对于他毫不感威胁。

生命的执着属于佛家所谓“我执”，人生一切灾祸罪孽都由此起。佛家针对着人类的这个普遍的病根，倡无生，破我执，可算对症下药。但是佛家也并不曾主张灭生灭我，不曾叫人类作集体的自杀，而只叫人明白一般人所希求的和所知见的都是空幻。还不仅此，佛家在积极方面还要慈悲救世，对于生命是取护持的态度。舍身饲虎的故事显示我们为着救济他生命，须不惜牺牲己生命。我心里对此尝存一个疑惑：既证明生命空幻而还要这样护持生命是为什么呢？目前我对于佛家的了解还不够使我找出一个圆满的解答。不过我对于这生命问题倒有一个看法，这看法大体源于庄子（我不敢说它是否合于佛家的意思）。庄子尝提到生死问题，在《大宗师》篇说得尤其透辟。在这篇里他着重一个“化”字，我觉得这“化”字非常之妙。中国人称造物为“造化”，万物为“万化”。生命原就是化，就是流动与变易。整个宇宙在化，物在化，我也在化。只是化，并非毁灭。草木虫鱼在化，它们并不因此而有所忧喜，而全体宇宙也不因此而有所损益。何以我独于我的化看成世间一件大了不起的事呢？我特别看待我的化，这便是“我执”。庄子对此有一段妙喻：

今大冶铸金，金踊跃曰，“我且必为莫邪”，大冶必以为不祥之金。今一犯人之形，而曰，“人耳，人耳”，夫造化者必以为不祥之人。今以天地为大炉，以造化为大冶，恶乎往而不可哉？成然寐，蘧然觉。

在这个比喻里，庄子破了“我执”，也解决了生死问题。人在造化手里，听他铸，听他“化”而已，强立物我分别，是为不祥。庄子所谓寐觉，是比喻生死。睡一觉醒过来，本不算一回事，生死何尝不如此？寐与觉为化，生与死也还是化。庄周梦为蝴蝶，则“栩栩然蝴蝶也”“俄然觉，则蘧蘧然周也”，生而为人，死而化为鼠肝虫背，都只有听之而已。在生时这个我在大化流行中有他的妙用，死后我的化形也还是如此，庄子说：

浸假而化予之左臂以为鸡，予因之以求时夜；浸假而化予之右臂以为弹，予因之以求鸮炙……

物质毕竟是不灭的，漫说精神。试想宇宙中有几许因素来化成我，我死后在宇宙中又化成几许事物，经过几许变化，发生几许影响，这是何等伟大而悠久，丰富而曲折的一个游历，一个冒险？这真是所谓“逍遥游”！

这种人生态度就是儒家所谓“赞天地之化育”，郭象所谓“随变任化”（见《大宗师》篇“相忘以生”句注），翻成近代语就是“顺从自然”。我不愿辩护这种态度是否为颓废的或消极的，懂得的人自会懂得，无庸以口舌争。近代人说要“征服自然”，道理也很正大。但是怎样征服？还不是要顺从自然的本性？严格地说，世间没有一件不自然的事，也没一件事能不自然。因为这个道理，全体宇宙才是一个整一融贯的有机体，大化运行才是一部和谐的交响曲，而cosmos不是chaos。人的最聪明的办法是与自然合拍，如草木在和风丽日中开着花叶，在严霜中枯谢，如流水行云自在运行无碍，如“鱼相与忘于江湖”。人的厄运在当着自然的大交响曲“唱翻腔”，来破坏它的和谐。执我执法，贪生想死，都是“唱翻腔”。

孔子说过：“朝闻道，夕死可矣。”人难能的是这“闻道”。我们谁不自信聪明，自以为比旁人高一着？但是谁的眼睛能跳开他那“小我”的圈子而四方八面地看一看？谁的脑筋不堆着习俗所扔下来的一些垃圾？每个人都有一个密不通风的“障”包围着他。我们的“根本惑”像佛家所说的，是“无明”。我们在这世界里大半是“盲人骑瞎马”，横冲直撞，怎能不闯祸事！所以说来说去，人生最要紧的事是“明”，是“觉”，是佛家所说的“大圆镜智”。法国人说：“了解一切，就是宽恕一切。”我们可以补上一句：“了解一切，就是解决一切。”生命对于我们还有问题，就因为我们对它还没有了解。既没有了解生命，我们凭什么对付生命呢？于是我想到这世间纷纷扰攘的人们。

谈冷静

德国哲学家尼采把人类精神分为两种：一是阿波罗的，一是狄俄倪索斯的。这两个名称起源于希腊神话。阿波罗是日神，是光的来源，世间一切事物得着光才显现形象。希腊人想象阿波罗凭临奥林普斯[①]高峰，雍容肃穆，转运他的熠熠生辉的巨眼，普照世间一切，妍丑悲欢，同供玩赏，风帆自动而此心不为之动，他永远是一个冷静的旁观者。狄俄倪索斯是酒神，是生命的来源，生命无常幻变，狄俄倪索斯要在生命幻变中忘却生命幻变所生的痛苦，纵饮狂歌，争取刹那间尽量的欢乐，时时随着生命的狂澜流转，如醉如痴，曾不停止一息来返观自然或是玩味事物的形象，他永远是生命剧场中一个热烈的扮演者。尼采以为人类精神原有这两种分别，一静一动，一冷一热，一旁观，一表演。艺术是精神的表现，也有这

① 现多译作奥林匹斯。

两种分别，例如图画、雕刻等造型艺术是代表阿波罗精神的，音乐、跳舞等非造型艺术是代表狄俄倪索斯精神的。依尼采看，古代希腊人本最富于狄俄倪索斯精神，体验生命的痛苦最深切，所以内心最悲苦，然而没有走上绝望自杀的路，就好在有阿波罗精神来营救，使他们由表演者的地位跳到旁观者的地位，由热烈而冷静，于是人生一切灾祸罪孽便变成庄严灿烂的意象，产生了希腊人的最高艺术——悲剧。

尼采的这番话乍看来未免离奇，实在含有至理。近代心理学区分性格的话和它暗合的很多，我们在这里不必繁引。尼采专就希腊艺术着眼，以为它的长处在以阿波罗精神化狄俄倪索斯精神。希腊艺术的作风在后来被称为“古典的”，和“浪漫的”相对立。所谓“古典的”作风特点就在冷静、有节制、有含蓄，全体必须和谐完美；所谓“浪漫的”作风特点就在热烈、自由流露、尽量表现、想象丰富、情感深至，而全体形式则偶不免有瑕疵。从此可知古典主义是偏于阿波罗精神的，浪漫主义是偏于狄俄倪索斯精神的。

“古典的”与“浪漫的”原只适用于文艺，后来常有人借用这两个形容词来谈人的性格，说冷静的、纯正的、情理调和的人是“古典的”，热烈的、好奇特的、偏重情感与幻想的人是“浪漫的”。人禀赋不同，生来各有偏向，教育与环境也常容易使人习染于某一方面，但就大体来说，青年人的性格常偏于“浪漫的”，老年人的性格常偏于“古典的”，一个民族也往往如此。这两种性格各有特长，在理论上我们似难作左右袒。不过我们可以说，无论在艺术或在为人方面，“浪漫的”都多少带着些稚气，而“古典的”则是成熟的境界。如果读者容许我说一点个人的经验，我的青年期已过去了，现在快走完中年的阶段，我曾经热烈地爱好过“浪漫的”文艺与性格，现在已开始逐渐发现“古典的”更可爱。我觉得一个人在任何方面想有真正伟大的成就，“古典的”“阿波罗的”冷静都绝不可少。

要明白冷静，先要明白我们通常所以不能冷静的原因。说浅一点，不能冷静是任情感、逞意气、易受欲望的冲动，处处显得粗心浮气；说深一点，不能冷静是整个性格修养上的欠缺，心境不够冲和豁达，头脑不够清醒，风度不够镇定安详。说到性格修养，困难在调和情与理。人是有生气的动物，不能无情感；人为万物之灵，不能无理智。情热而理冷，所以常相冲突。有一部分宗教家和哲学家见到任情纵欲的危险，主张抑情以存理。这未免是剥丧一部分人类天性，可以使人生了无生气，不能算是健康的人生观。中外大哲人如孔子、柏拉图诸人都主张以理智节制情欲，使情欲得其正而能与理智相调和。不过这不是一件易事。孔子自道经验说：“七十而从心所欲，不逾矩。”这才算是情理融和的境界，以孔子那样圣哲，到七十岁才能做到，可见其难能可贵。大抵修养入手的功夫在多读书明理，自己时时检点自己，要使理智常是清醒的，不让情感与欲望恣意孤行，久而久之，自然胸襟澄然，矜平躁释，遇事都能保持冷静的态度。

学问是理智的事，所以没有冷静的态度不能做学问。在做学问方面，冷静的态度就是科学的态度。科学（一切求真理的活动都包含在内）的任务在根据事实推求原理，在紊乱中建立秩序，在繁复中寻求条理。要达到这种任务，科学必须尊重所有的事实，无论它是正面的或反面的，不能挟丝毫成见去抹煞事实或是歪曲事实；他根据人力所能发现的事实去推求结论，必须步步虚心谨慎，把所有的可能的解说都加以缜密考虑，仔细权衡得失，然后选定一个比较圆满的解说，留待未来事实的参证。所以科学的态度必须冷静，冷静才能客观、缜密、谨严。尝见学者立说，胸中先有一成见，把反面的事实抹煞，把相反的意见丢开，矜一曲之见为伟大发明，旁人稍加批评，便以怒目相加，横肆诋骂，批评者也以诋骂相报，此来彼去，如泼妇骂街，把原来的论点完全忘去。我们通常说这是动情感、凭意气。一个人愈易动情感、凭意气，在学问上愈难有成就。一个有学问的人必定是“清明在躬，志气如神”，换句话说，必定能冷静。

一般人欢喜拿文艺和科学对比，以为科学重理智而文艺重情感。其实文艺正因为表现情感的缘故，需要理智的控制反比科学更甚。英国诗人华兹华斯曾自道经验说：“诗起于沉静中所回味得来的情绪。”人人都能感受情绪，感受情绪而能在沉静中回味，才是文艺家的特殊修养。感受是能入，回味是能出。能入是主观的、热烈的；回味是客观的、冷静的。前者是尼采所谓狄俄倪索斯精神的表现，而后者则是阿波罗精神的表现，许多人以为生糙情感便是文艺材料，怪自己没有能力去表现，其实文艺须在这生糙情感之上加以冷静的回味、思索、安排，才能豁然贯通，见出形式。语言与情思都必经过洗刷炼裁，才能恰到好处。许多人在兴高采烈时完成一个作品，便自矜为绝作，过些时候自己再看一遍，就不免发现许多毛病。罗马批评家贺拉斯劝人在完成作品之后，放下几年才发表，也是有见于文艺创作与修改，需要冷静，过于信任一时热烈兴头是最易误事的。我们在前面已经说过，成熟的“古典的”文艺作品特色就在冷静。近代写实派不满意于浪漫派，原因在也主张文艺要冷静。一个人多在文艺方面下功夫，常容易养成冷静的态度。关于这一点，我在几年前写过一段自白，希望读者容许我引来参证：

> 我应该感谢文艺的地方很多，尤其它教我学会一种观世法。一般人常以为只有科学的训练才可以养成冷静的客观的头脑。……我也学过科学，但是我的冷静的客观的头脑不是从科学而是从文艺得来的。凡是不能持冷静的客观的态度的人，毛病都在把“我”看得太大。他们从“我”这一副着色的望远镜里看世界，一切事物于是都失去它们的本来面目。所谓冷静的客观的态度就是丢开这副望远镜，让“我”跳到圈子以外，不当作世界里有“我”而去看世界，还是把“我”与类似“我”的一切东西同样看待。这是文艺的观世法，也是我所学得的观世法。

我引这段话，一方面说明文艺的活动是冷静，一方面也趁便引出做人也要冷静的道理。我刚才提到丢开“我”去看世界，我们也应该丢开“我”去看“我”。“我”是一个最可宝贵也是最难对付的东西。一个人不能无“我”，无“我”便是无主见。无人格。一个人也不能执“我”，执“我”便是持成见，逞意气，做学问不易精进，做事业也不易成功。佛家主张“无我相”，老子劝告孔子“去子之骄气与多欲”，都是有见于“执我”的错误。“我”既不能无，又不能执，如何才可以调剂安排，恰到好处呢？这需要知识。我们必须彻底认清“我”，才会妥帖地处理“我”。

“知道你自己”，这句名言为一般哲学家公认为希腊人的最高智慧的结晶。世间事物最不容易知道的是你自己，因为要知道你自己，你必须能丢开“我”去看“我”，而事实上有了“我”就不易丢开“我”，许多人都时时为我见所蒙蔽而不自知，人不易自知，犹如有眼不能自见，有力不能自举。你本是一个凡人，你却容易把自己看成一个英雄；你的某一个念头、某一句话、某一种行为本是错误的，因为是你自己所想的、说的、做的，你的主观成见总使你自信它是对的。执迷不悟是人所常犯的过失。中国儒家要除去这个毛病，提倡“自省”的功夫。“自省”就是自己审问自己，丢开“我”去看“我”。一般人眼睛常是朝外看，自省就是把眼光转向里面看。一般能自省的人才能自知。自省所凭借的是理智，是冷静的、客观的、科学的头脑。能冷静自省，品格上许多亏缺都可以免除。比如你发愤时，经过一番冷静的自省，你的怒气自然消释；你起了一个不正当的欲念时，经过一番冷静的自省，那个欲念也就冷淡下去；你和人因持异见争执，盛气相凌，你如果能冷静地把所有的论证衡量一下，你自然会发现谁是谁非，如果你自己不对，你须自认错误，如果你自己对，你有理由可以说服人。

从这些例子看，“自省”含有“自制”的功夫在内。一个能自制的人才能自强。能自制便有极大的意志力，有极大的意志力才能认定目标，看清事物条理，征服一切环境的困难，百折不挠以底于成功。

古今英雄豪杰有大过人的地方都在有坚强的意志力，而他们的坚强的意志力的表现往往在自制方面。哲学家如苏格拉底，宗教家如耶稣、释迦牟尼，政治家如诸葛亮、谢安、李泌，都是显著的实例。许多人动辄发火生气，或放僻邪侈，横无忌惮，或暴戾刚愎，恣意孤行，这种人看来像是强悍勇猛，实在最软弱，他们做情感的奴隶，或是卑劣欲望的奴隶，自己尚且不能控制，怎能控制旁人或控制环境呢？这种人大半缺乏冷静，遇事鲁莽灭裂，终必至于偾事。如果军国大政落在这种人的手里，则国家民族变成野心或私欲的孤注，在一喜一怒之间轻轻被断送。今日的德意志和日本不惜涂炭千百万生灵，置全民族命脉于险境，实由于少数掌政权者缺乏冷静的头脑，聊图逞一时的意气与狂妄的野心，如悬崖纵马，一放而不可收拾。这是最好的殷鉴。人类许多不必要的灾祸罪孽都是这种人惹出来的。如果我们从这些事例上想一想，就可以见出一个人或一个民族在失去冷静的理智的态度时所冒的危险。

一个理想的人须是有德、有学、有才。德与学需要冷静，如上所述，才也不是例外。才是处事的能力。一件事常有许多错综复杂的关系，头脑不冷静的人处之，便如置身五里雾中，觉得需要处理的是一团乱丝，处处是纠纷困难。他不是束手无策，就是考虑不周到，布置不缜密，一个困难未解决，又横生枝节，把事情弄得更糟。

冷静的人便能运用科学的眼光，把目前复杂情形全盘一看，看出其中关系条理与轻重要害，在种种可能的办法之中选择一个最合理的，于是一切纠纷困难便如庖丁解牛，迎刃而解。治个人私事如此，治军国大事也是如此，能冷静的人必能谋定后动，动无不成。

一个冷静的人常是立定脚跟，胸有成竹，所以临难遇险，能好整以暇，雍容部署，不至张皇失措。我们中国人对于这种风格向来当作一种美德来欣赏赞叹。孔子在陈过匡，视险若夷，汉高伤胸扪足，史传都传为美谈，后来《世说新语》所载的“雅量”事例尤多，现提举数条来说明本文所谈的冷静：

桓公伏甲设馔，广延朝士，因此欲诛谢安、王坦之。王甚遽，问谢曰：“当作何计？”谢神色不变，谓文度曰：“晋阼存亡，在此一行。”相与俱前，王之恐状，转见于色，谢之宽容，愈表于貌，望阶趋席，方作洛生咏，讽“浩浩洪流”。桓惮其旷远，乃趣解兵。王、谢旧齐名，于此始判优劣。

谢太傅盘桓东山，时与孙兴公诸人泛海戏。风起浪涌，孙、王诸人色并遽，便唱使还。太傅神情方王，吟啸不言。舟人以公貌闲意悦，犹去不止。既风转急，浪猛，诸人皆喧动不坐。公徐云：“如此，将无归。”众人即承响而回，于是审其量，足以镇定朝野。

王子猷、子敬曾俱坐一室，上忽发火。子猷遽走避，不遑取屐；子敬神色恬然，徐唤左右，扶凭而出，不异平常。世以此定二王神宇。

这些都是冷静态度的最好实例。这种“雅量”所以难能可贵，因为它是整个人格的表现，需要深厚的修养。有这种雅量的人才能担当大事，因为他豁达、清醒、沉着，不易受困难摇动，在危急中仍可想出办法。

冷静并不如庄子所说的“形如槁木，心如死灰”，但是像他所说的游鱼从容自乐。禅家最好做冷静的功夫，他们的胜境却不在坐禅而在禅机。这“机”字最妙。宇宙间许多至理妙谛，寄寓于极平常微细的事物中，往往被粗心浮气的人们忽略过，陈同甫所以有“恨芳菲世界，游人未赏，都付与莺和燕”的嗟叹。冷静的人才能静观，才能发现“万物皆自得”。孔子引《诗经》“鸢飞戾天，鱼跃于渊”二句而加以评释说：“言其上下察也。”这“察”字下得极好，能“察”便能处处发现生机，吸收生机，觉得人生有无穷乐趣。世间人的毛病只是习焉不察，所以生活枯燥，日流于卑鄙污浊。“察”就是“静观”，美学家所说的“观照”，它的唯一条件是冷静超脱。哲学家和科学家所做的功夫在这“察”字上，诗人和艺术家所做的功夫也还在这“察”字上。尼采所说的日神阿波罗也是时常在“察”。人在冷静时静观默察，处处触机生悟，便是“地行仙”。有这种修养的人才有极丰富的生机和极厚实的力量！

谈谦虚

说来说去，做人只有两桩难事：一是如何对付他人，一是如何对付自己。这归根还只是一件事，最难的事还是对付自己，因为知道如何对付自己，也就知道如何对付他人，处世还是立身的一端。

自己不易对付，因为对付自己的道理有一个模棱性，从一方面看，一个人不可无自尊心，不可无我，不可无人格。从另一方面看，他不可有妄自尊大心，不可执我，不可任私心成见支配。总之，他自视不宜太小，却又不宜太大，难处就在调剂安排，恰到好处。

自己不易对付，因为不容易认识，正如有力不能自举，有目不能自视。当局者迷，旁观者清。我们对于自己是天生成的当局者而不是旁观者，我们自囿于“我”的小圈子，不能跳开“我”来看世界，来看“我”，没有透视所必需的距离，不能取正确观照所必需的冷静的客观态度，也就生成地要执迷，认不清自己，只任私心、成见、虚荣、幻觉种种势力支配，把自己的真实面目弄得完全颠倒错乱。我们像蚕一样，作茧自缚，而这茧就是自己对于自己所错认出来的幻象。真正有自知之明的人实在不多见。“知人则哲”，自知或许是哲以上的事。“知道你自己”一句古训所以被称为希腊人最高智慧的结晶。

“知道你自己”，谈何容易！在日常自我估计中，道理总是自己的对，文章总是自己的好，品格也总是自己的高，小的优点放得特别大，大的弱点缩得特别小。人常“阿其所好”，而所好者就莫过于自己。自视高，旁人如果看得没有那么高，我们的自尊心就遭受了大打击，心中就结下深仇大恨。这种毛病在旁人，我们就马上看出；在自己，我们就熟视无睹。

希腊神话中有一个故事。一位美少年纳西司（Narcissus）自己羡慕自己的美，常伏在井栏上俯看水里自己的影子，愈看愈爱，就跳下去拥抱那影子，因此就落到井里淹死了。这寓言的意义很深永。我们都有几分“纳西司病”，常因爱看自己的影子堕入深井而不自知。照镜子本来是好事，我们对于不自知的人常加劝告：“你去照照镜子看！”可是这种忠告是不聪明的，他看来看去，还是他自己的影子，像纳西司一样，他愈看愈自鸣得意，他的真正面目对于他自己也就愈模糊。他的最好的镜子是世界，是和他同类的人。他认清了世界，认清了人性，自然也就会认清自己，自知之明需要很深厚的学识经验。

德尔斐神谕宣示希腊说：苏格拉底是他们中间最大的哲人，而苏格拉底自己的解释是：他本来和旁人一样无知，旁人强不知以为知，他却明白自己的确无知，他比旁人高一着，就全在这一点。苏格拉底的话老是这样浅近而深刻，诙谐而严肃。他并非说客套的谦虚话，他真正了解人类知识的限度。“明白自己无知”是比得上苏格拉底的那样哲人才能达到的成就。有了这个认识，他不但认清了自己，多少也认清了宇宙。孔子也仿佛有这种认识。他说：“吾有知乎哉，无知也。”他告诉门人：“知之为知之，不知为不知，是知也。”所谓“不知之知”正是认识自己所看到的小天地之外还有无边世界。

这种认识就是真正的谦虚。谦虚并非故意自贬声价，作客套应酬，像虚伪者所常表现的假面孔；它是起于自知之明，知道自己所已知的比起世间所可知的非常渺小，未知世界随着已知世界扩大，愈前走发现天边愈远。他发现宇宙的无边无底，对之不能不起崇高雄伟之感，反观自己渺少，就不能不起谦虚之感。谦虚必起于自我渺小的意识，谦虚者的心目中必有一种为自己所不知不能的高不可攀的东西，老是要抬着头去望它。这东西可以是全体宇宙，可以是圣贤豪杰，也可以是一个崇高的理想。一个人必须见地高远，“知道天高地厚”才能真正地谦虚；不知道天高地厚的人就老是觉得自己伟大，海若未曾望洋，就以为“天下之美尽在己”。谦虚有它消极方面，就是自我渺小的意识；也有它积极方面，就是高远的瞻瞩与恢阔的胸襟。

看浅一点，谦虚是一种处世哲学。“人道恶盈而喜谦”，人本来没有可盈的时候，自以为盈，就无法再有所容纳，有所进益。谦虚是知不足，“知不足然后能自强”。一切自然节奏都是一起一伏。引弓欲张先弛，升高欲跳先蹲，谦虚是进取向上的准备。老子譬道，常用谷和水：“谷神不死”“旷兮其若谷”“上善若水”“天下莫柔弱于水而攻坚强者莫之能胜”。谷虚所以有容，水柔所以不毁。人的谦虚可以说是取法于谷和水，它的外表虽是空旷柔弱，而它的内在的力量却极刚健。大易的谦卦六爻皆吉。作易的人最深知谦的力量，所以说，“谦尊而光，卑而不可逾”。道家与儒家在这一点认识上是完全相同的。这道理好比打太极拳，极力求绵软柔缓，可是“四两拨千斤”，极强悍的力士在这轻推慢挽之前可以望风披靡。古希腊的悲剧作者大半是了解这个道理的，悲剧中的主角往往以极端的倔强态度和不可以倔强胜的自然力量（希腊人所谓神的力量）搏斗，到收场时一律被摧毁，悲剧的作者拿这些教训在观众心中引起所谓“退让”（resignation）情绪，使人恍然大悟在自然大力之前，人是非常渺小的，人应该降下他的骄傲心，顺从或接收不可抵制的自然安排。这思想在后来耶稣教中也很占势力。近代科学主张“以顺从自然去征服自然”，道理也是如此。

看深一点，谦虚是一种宗教情绪。这道理在上文所说的希腊悲剧中已约略可见。宗教都有一个被崇拜的崇高的对象，我们向外所呈献给被崇拜的对象是虔敬，向内所对待自己的是谦虚。虔敬和谦虚是宗教情绪的两方面，内外相应相成。这种情绪和美感经验中的“崇高意识”（sense of the sublime）以及一般人的英雄崇拜心理是相同的。我们突然间发现对象无限伟大，无形中自觉此身渺小，于是栗然生畏，肃然起敬；但是惊心动魄之余，就继以心领神会，物我交融，不知不觉中把自己也提升到那同样伟大的境界。对自然界的壮观如此，对伟大的英雄如此，对理想中所悬的全知全能的神或尽善尽美的境界也是如此。在这种心境中，我们同时感到自我的渺小和人性的尊严，自卑和自尊打成一片。

我们姑拿两首人人皆知的诗来说明这个道理。一是陈子昂的“前不见古人，后不见来者，念天地之悠悠，独怆然而泪下”。一是杜甫的“侧身天地常怀古，独立苍茫自咏诗”。我们试玩味两诗所表现的心境。在这种际会，作者还是觉得上天下地，唯我独尊，因而踌躇满意呢？还是四顾茫茫，发现此身渺小而恍然若有所失呢！这两种心境在表面上是相反的，而在实际上却并行不悖，形成哲学家们所说的“相反者之同一”。在这种际会、骄傲和谦虚都失去了它们的寻常意义，我骄傲到超出骄做，谦虚到泯没谦虚。我们对庄严的世相呈献虔敬，对蕴藏人性的“我”也呈献虔敬。

有这种情绪的人才能了解宗教，释迦和耶稣都富于这种情绪，他们极端自尊也极端谦虚。他们知道自尊必从谦虚做起，所以立教特重谦虚。佛家的大戒是“我执”“我谩”。佛家的哲学精义在“破我执”。佛徒在最初时期都须以行乞维持生活，所以叫作“比丘”。行乞是最好的谦虚训练。耶稣常溷身下层阶级，一再告诫门徒说：“凡自己谦卑像这小孩的，他在天国里就是最大的”“你们中间谁为大，谁就要做你们的佣人，自高的必降为卑，自卑的必升为高”。这教训在中世纪发生影响极大，许多僧侣都操贱役，过极刻苦的生活，去实现谦卑（humiliation）的理想，圣佛兰西斯是一个很美的例证。

耶佛和其他宗教都有膜拜的典礼，它的意义深可玩味。在只是虚文时，它似很可鄙笑；在出于至诚时，它却是虔敬和谦虚的表现，人类可敬的动作就莫过于此。人难得弯下这个腰杆，屈下这双膝盖，低下这颗骄傲的心，在真正可尊敬者的面前“五体投地”。有一次我去一个法会听经，看见皈依的信士们进来时恭恭敬敬地磕一个头，出去时又恭恭敬敬地磕一个头。我很受感动，也觉得有些些尴尬。我所深感惭愧的倒不是人家都磕头而我不磕头，而是我的衷心从来没有感觉到有磕头的需要。我虽是愚昧，却明白这足见性分的浅薄。我或是没有脱离“无明”，没有发现一种东西叫我敬仰到须向它膜拜的程度；或是没有脱离“我谩”，虽然发现了可膜拜者而仍以膜拜为耻辱。

“我谩”就是骄傲，骄傲是自尊情操的误用。人不可没有自尊情操，有自尊情操才能知耻，才能有所谓荣誉意识（sense of honour），才能有所为有所不为，也才能发奋向上。孔子说“知耻近乎勇”，和《学记》的“知不足然后能自强”，《易经》的“谦尊而光，卑而不可逾”两句名言意义骨子里相同。近代心理学家阿德勒（Adler）把这个道理发挥得最透辟。依他看，我们有自尊心，不甘居下流，所以发现了自己的缺陷，就引以为耻，在心理形成所谓“卑劣结”（inferiority complex），同时激起所谓“男性的抗议”（masculine protest），要努力弥补缺陷，消除卑劣，来显出自己的尊严。努力的结果往往不但弥补缺陷，而且所达到的成就反比本来没有缺陷的更优越。希腊的德摩斯梯尼斯本来口吃，不甘心受这缺陷的限制，发愤练习演说，于是成为最大的演说家，中国孙子因膑足而成兵法，左丘明因失明而成《国语》，司马迁因受宫刑而作《史记》，道理也是如此。阿德勒所谓“卑劣结”其实就是谦虚，“知耻”或“知不足”；他的“男性抗议”就是“自强”，“近乎勇”或“卑而不可逾”。从这个解释，我们也可以看出谦虚与自尊心不但并不相反，而且是息息相通。真正有自尊心者才能谦虚，也才能发奋为雄。“尧，人也，舜，人也，有为者亦若是”，在作这种打算时，我们一方面自觉不如尧舜，那就是谦虚，一方面自觉应该如尧舜，那就是自尊。

骄傲是自尊情操的误用，是虚荣心得到廉价的满足。虚荣心和幻觉相连，有自尊而无自知。它本来起于社会本能——要见好于人；同时也带有反社会的倾向，要把人压倒，它的动机在好胜而不在向上，在显出自己的荣耀而不在理想的追寻。虚荣加上幻觉，于是在人我比较中，我们比得胜固然自骄其胜，比不胜也仿佛自以为胜，或是丢开定下来的标准，另寻自己的胜处。我们常暗地盘算：你比我能干，可是我比你有学问；你干的那一行容易，地位低，不重要，我干的才是真正了不起的事业；你的成就固然不差，可是如果我有你的地位和机会，我的成就一定比你更好。总之，我们常把眼睛瞟着四周的人，心里作一个结论：“我比你强一点！”于是伸起大拇指，洋洋自得，并且期望旁人都甘拜下风，这就是骄傲。人之骄傲，谁不如我？我以压倒你为快，你也以压倒我为快。无论谁压倒谁，妒忌、愤恨、争斗以及它们所附带的损害和苦恼都在所不免。人与人，集团与集团，国家与国家，中间许多灾祸都是这样酿成的。“礼至而民不争”，礼之端就是辞让，也就是谦虚。

欢喜比照人已而求己比人强的人大半心地窄狭，谩世傲物的人要归到这一类。他们昂头俯视一切，视一切为“卑卑不足道”“望望然去之”。阮籍能为青白眼，古今传为美谈。这种谩世傲物的态度在中国向来颇受人重视。从庄子的“让王”类寓言起，经过魏晋清谈，以至后世对于狂士和隐士的崇拜，都可以表现这种态度的普遍。这仍是骄傲在作祟。在清高的烟幕之下藏着一种颇不光明的动机。“人都龌龊，只有我干净”（所谓“世人皆浊我独清”），他们在这种自信或幻觉中耽醉而陶然自乐。熟看《世说新语》，我始而羡慕魏晋人的高标逸致，继而起一种强烈的反感，觉得那一批人毕竟未闻大道，整天在臧否人物，自鸣得意，心地毕竟局促。他们忘物而未能忘我，正因其未忘我而终亦未能忘物，态度毕竟是矛盾。魏晋人自有他们的苦闷，原因也就在此。“人都龌龊，只有我干净”。这看法或许是幻觉，或许是真理。如果它是幻觉，那是妄自尊大；如果它是真理，就引以自豪，也毕竟是小气。孔子、释迦、耶稣诸人未尝没有这种看法，可是他们的心理反应不是骄傲而是怜悯，不是遗弃而是援救。长诅、桀溺说：“滔滔者天下皆是，而谁以易之。”孔子说：“鸟兽不可与同群，吾非斯人之徒之与而谁与？”这是谩世傲物者与悲天悯人者在对人对己的态度上的基本分别。

人生本来有许多矛盾的现象，自视愈大者胸襟愈小，自视愈小者胸襟愈大。这种矛盾起于对于人生理想所悬的标准高低。标准悬得愈低，愈易自满，标准悬得愈高，愈自觉不足。虚荣者只求胜过人，并不管所拿来和自己比较的人是否值得做比较的标准。只要自己显得是长子，就在矮人国中也无妨。孟子谈交友的对象，分出“一乡之善士”“一国之善士”“天下之善士”“古之人”四个层次。我们衡量人我也要由“一乡之善士”扩充到“古之人”。大概性格愈高贵，胸襟愈恢阔，用来衡量人我的尺度也就愈大，而自己也就显得愈渺小。一个人应该有自己渺小的意识，不仅是当着古往今来的圣贤豪杰的面前，尤其是当着自然的伟大，人性的尊严和时空的无限。你要拿人比自己，且抛开张三李四，比一比孔子、释迦、耶稣、屈原、杜甫、米开朗琪罗、贝多芬或是爱迪生！且抛开你的同类，比一比太平洋、大雪山、诸行星的演变和运行，或是人类知识以外的那一个茫茫宇宙！在这种比较之后，你如果不为伟大崇高之感所撼动而俯首下心，肃然起敬，你就没有人性中最高贵的成分。你如果不盲目，看得见世界的博大，也看得见世界的精微，你想一想，世间哪里有临到你可凭以骄傲的？

在见道者的高瞻远瞩中，“我”可以缩到无限小，也可以放到无限大。在把“我”放到无限大时，他们见出人性的尊严；在把“我”缩到无限小时，他们见出人性在自己小我身上所实现的非常渺小。这两种认识合起来才形成真正的谦虚。佛家法相一宗把叫作“我”的肉体分析为“扶根尘”，和龟毛兔角同为虚幻，把“我”

的通常知见都看成幻觉，和镜花水月同无实在性。这可算把自我看成极渺小。可是他们同时也把宇宙一切，自大地山河以至玄理妙义，都统摄于圆湛不生灭妙明真心，万法唯心所造，而此心却为我所固有，所以“明心见性”“即心即佛”。这就无异于说，真正可以叫作“我”的那种“真如自性”还是在我，宇宙一切都由它生发出来，“我”就无异于创世主。这对于人性却又看得何等尊严！不但宗教家，哲学家像柏拉图、康德诸人大抵也还是如此看法。我们先秦儒家的看法也不谋而合。儒本有“柔懦”的意义，儒家一方面继承“一命而偻，再命而伛，三命而俯，循墙而走”那种传统的谦虚恭谨，一方面也把“我”看成“与天地合德”。他们说：“返身而诚，万物皆备于我矣”“能尽人之性，则能尽物之性；能尽物之性，则可以赞天地之化育，与天地参矣”。他们拿来放在自己肩膀上的责任是“为天地立心，为生民立命，为往圣继绝学，为万世开太平”。这种“顶天立地，继往开来”的自觉是何等尊严！

意识到人性的尊严而自尊，意识到自我的渺小而自谦，自尊与自谦合一，于是法天行健，自强不息，这就是《易经》所说的“谦尊而光，卑而不可逾”。

谈羞恶之心

《新约》里《约翰福音》第八章记载这样一段故事：

耶稣在庙里布教，一大群人围着他听。刑名师和法利赛人带着一个行淫被拘的妇人来，把她放在群众当中，向耶稣说："这妇人是正在行淫时被拿着的。摩西在法律中吩咐过我们，像这样的人应用石头钉死，你说怎样办呢？"耶稣弯下身子来用指画地，好像没有听见他们。他们继续着问，耶稣于是抬起身子来向他们说："你们中间谁是没有罪的，就让谁先拿石头钉她。"说完又弯下身子用指画地。他们听到这话，各人心里都有内疚，一个一个地走出去，从最年老的到最后的，只剩下耶稣，那妇人仍站在当中。耶稣抬起身子来向她说："妇人，告你状的人到哪里去了呢？没有人定你的罪吗？"她说："没有人，我主。"耶稣说："我也不定你的罪，去吧，以后不要再犯了。"

这段故事给我以极深的感动，也给我以不小的惶惑。耶稣的宽宥是恻隐之心的最高的表现，高到泯没羞恶之心的程度，这令人对于他的胸怀起伟大崇高之感。同时，我们也难免惶惑不安。如果这种宽宥的精神充类至尽，我们不就要姑息养奸，任世间一切罪孽过恶蔓延，简直不受惩罚或裁制吗？

我们对于世间罪孽过恶原可以持种种不同的态度。是非善恶本是世间习用的分别，超出世间的看法，我们对于一切可作平等观。正觉烛照，五蕴皆空。瞋恚有碍正觉，有如“清冷云中，霹雳起火”。无论在人在我，消除过恶，都当以正觉净戒，不可起瞋恚。这是佛家的态度。其次，即就世间法而论，是非善恶之类道德观念起于“实用理性批判”。若超出实用的观点，我们可以拿实际人生中一切现象如同图画戏剧一样去欣赏，不作善恶判断，自不起道德上的爱恶，如尼采所主张的。这是美感的态度。再次，即就世间法的道德观点而论，人生来不能尽善尽美，我们彼此都有弱点，就不免彼此都有过错。这是人类公同的不幸。如果遇到弱点的表现，我们须了解这是人情所难免，加以哀矜与宽恕。“了解一切，就是宽恕一切。”这是耶稣教徒的态度。

这几种态度都各有很崇高的理想，值得我们景仰向往，而且有时值得我们努力追攀。不过在这不完全的世界中，理想永远是理想，我们不能希望一切人得佛家所谓正觉，对一切作平等观，不能而且也不应希望一切人在一切时境都如艺术家对于罪孽过恶纯取欣赏态度，也不能希望一切人都有耶稣的那样宽恕的态度，而且一切过恶都可受宽恕的感化。我们处在人的立场为人类谋幸福，必希望世间罪孽过恶减少到可能的最低限度。减少的方法甚多，积极的感化与消极的裁制似都不可少。我们不能人人有佛的正觉，也不能人人有耶稣的无边的爱，但是我们人人都有几分羞恶之心。世间许多法律制度和道德信条都是利用人类同有的羞恶之心作原动力。近代心理学更能证明羞恶之心对于人格形成的重要。基于羞恶之心的道德影响也许是比较下乘的，但同时也是比较实际的、近人情的。

“羞恶之心”一词出于孟子，他以为是“义之端”，这就是说，行为适宜或恰到好处，须从羞恶之心出发。朱子分羞恶为两事，以为“羞是羞己之恶，恶是恶人之恶”。其实只要是恶，在己者可羞亦可恶，在人者可恶亦可羞。只拿行为的恶作对象说，羞恶原是一事。不过从心理的差别说，羞恶确可分对己对人两种。就对己说，羞恶之心起于自尊情操。人生来有向上心，无论在学识、才能、道德或社会地位方面，总想达到甚至超过流行于所属社会的最高标准。如果达不到这标准，显得自己比人低下，就自引以为耻。耻便是羞恶之心，西方人所谓荣誉意识（sense of honour）的消极方面。有耻才能向上奋斗。这中间有一个人我比较，一方面自尊情操不容我居人下，一方面社会情操使我顾虑到社会的毁誉。所以知耻同时有自私的和泛爱的两个不同的动机。对于一般人，耻（即羞恶之心）可以说就是道德情操的基础。他们趋善避恶，与其说是出于良心或责任心，不如说是出于羞恶之心，一方面不甘居下流，一方面看重社会的同情。中国先儒认清此点，所以布政施教，特重明耻。管子甚至以耻与礼义廉并称为“国之四维”。

人须有所为，有所不为。羞恶之心最初是使人有所不为。孟子在讲羞恶之心时，只说是“义之端”，并未举例说明，在另一段文字里他说：“人能充无穿窬之心，而义不可胜用也，人能充无受尔汝之实，无所往而不为义也。”这里他似在举羞恶之心的实例，“无穿窬”（不做贼）和“无受尔汝之实“（不愿被人不恭敬地称呼），都偏于“有所不为”和“胁肩谄笑，病于夏畦”“巧言令色足恭，左丘明耻之，丘亦耻之”之类心理相同。但孟子同时又说：“人皆有所不为，达之于其所为，义也。”这就是说，羞恶之心可使人耻为所不应为，扩充起来，也可以使人耻不为所应为。为所应为便是尽责任，所以“知耻近乎勇”。人到了无耻，便无所不为，也便不能有所为。有所不为便可以寡过。但绝对无过实非常人所能。儒家与耶教都不责人有过，只力劝人改过。知过能改，须有悔悟。悔悟仍是羞恶之心的表现。羞恶未然的过恶是耻，羞恶已然的过恶是悔。耻令人免过，悔令人改过。

孟子说：“不耻不若人，何若人有？”耻使人自尊自重，不自暴自弃。近代阿德勒（Adler）一派心理学说很可以引来说明这个道理。有羞恶之心先必发现自己的欠缺，发现了欠缺，自以为耻（阿德勒所谓“卑劣情意综[①]”），觉得非努力把它降伏下去，显出自己的尊严不可（阿德勒所谓“男性的抗议”），于是设法来弥补欠

① 即情结。

缺，结果不但欠缺弥补起，而且所达到的成就还比平常更优越。德摩斯梯尼本来口吃，不甘受这欠缺的限制，发愤练习演说，于是成为希腊的最大演说家。贝多芬本有耳病，不甘受这欠缺的限制，发愤练习音乐，于是成为德国的最大音乐家。阿德勒举过许多同样的实例，证明许多历史上的伟大人物在身体资禀或环境方面都有缺陷，这缺陷所生的“卑劣情意综”激起他们的“男性的抗议”，于是他们拿出非常的力量，成就非常的事业。中国左丘明因失明而作《国语》，孙子因膑足而作《兵法》，司马迁因受宫刑而作《史记》，也是很好的例证。阿德勒偏就器官机能方面着眼，其实他的学说可以引申到道德范围。因卑劣意识而起男性抗议，是“知耻近乎勇”的一个很好的解释。诸葛孔明要邀孙权和刘备联合去打曹操，先假劝他向曹操投降，孙权问刘备何以不降，他回答说：“田横齐之壮士耳，犹守义不辱。况刘豫州王室之胄，英才盖世，安能复为之下乎？”孙权听到这话，便勃然宣布他的决心：“吾不能举全吴之地，十万之众，受制于人！”这就是先激动羞耻心，再激动勇气，由卑劣意识引到男性抗议。

孟子讲羞恶之心，似专就对己一方面说。朱子以为它还有对人一方面，想得更较周到。我们对人有羞恶之心，才能嫉恶如仇，才肯努力去消除世间罪孽过恶。孔子大圣人，胸襟本极冲和，但《论语》记载他恶人的表现特别多。冉有不能救季氏僭礼，宰我对鲁哀公说话近逢迎，子路说轻视读书的话，樊迟请学稼圃，孔子对他们所表示的态度都含有羞恶的意味。子贡问他：“君子亦有所恶乎？”他回答说：“有，恶称人之恶者，恶居下流而讪上者，恶勇而无礼者，恶果敢而窒者。”一口气就数上一大串。他尝以“吾未见好仁者恶不仁者”为叹。他最恶的是乡愿（现在所谓伪君子），因为这种人“阉然媚于世，非之无举，刺之无刺，居之似忠信，行之似廉洁，众皆悦之，自以为是而不可与入尧舜之道”。他一度为鲁相，第一件要政就是诛少正卯，一个十足的乡愿。我特别提出孔子来说，因为照我们的想象，孔子似不轻于恶人，而他竟恶得如此厉害，这最足证明凡道德情操深厚的人对于过恶必有极深的厌恶。世间许多人没有对象可五体投地地去钦佩，也没有对象可深入骨髓地去厌恶，只一味周旋随和，这种人表面上像是炉火纯青，实在是不明是非，缺乏正义感。社会上这种人愈多，恶人愈可横行无忌，不平的事件也愈可蔓延无碍，社会的混浊也就愈不易澄清。社会所借以维持的是公平（西方所谓justice），一般人如果没有羞恶之心，任不公平的事件不受裁制，公平就无法存在。过去社会的游侠和近代社会的革命者，都是迫于义愤，要“打抱不平”，虽非中行，究不失为狂狷，在社会腐浊的时候，仍是有他们的用处。

个人须有羞恶之心，集团也是如此。田横的五百义士不肯屈服于刘邦，全体从容赴义，历史传为佳话；古人谈兵，说明耻然后可以教战，因为明耻然后知道“所恶有胜于死者”，不会苟且偷生。我们民族这次英勇的抗战是最好的例证，大家牺牲安适、家庭、财产，以至于生命，就因为不甘做奴隶的那一点羞恶之心。大抵一个民族当承平的时候，羞恶之心表现于公是公非，人民都能受道德法律的裁制，使社会秩序井然。所谓“化行俗美”“有耻且格”。到了混乱的时候，一般人廉耻道丧，全民族的羞恶之心只能借少数优秀分子保存，于是才有“气节”的风尚。东汉太学生郭泰、李膺、陈蕃诸人处外戚宦官专权恣肆之际，独持清议，一再遭钩党之祸而不稍屈服。明末魏阉执权乱国，士大夫多阿谀取容，其无耻之尤者至认阉作父，东林党人独仗义执言，对阉党声罪致讨，至粉身碎骨而不悔。这些党人的行径容或过于褊急，但在恶势力横行之际能不顾一切，挺身维持正气，对于民族精神所留的影响是不可磨灭的。

目前我们民族正遇着空前的大难，国耻一重一重地压来，抗战的英勇将士固可令人起敬，而此外卖国求荣、贪污误国和醉生梦死者还大有人在，原因正在羞恶之心的缺乏。我们应该记着“明耻教战”的古训，极力培养人皆有之的一点羞恶之心。我们须知道做奴隶可耻，自己睁着眼睛望做奴隶的路上走更可耻。罪过如果在自己，应该忏悔；如果在旁人，也应深恶痛嫉，设法加以裁制。

资禀与修养

拉丁文中有一句名言："诗人是天生的不是造作的。"这句话本有不可磨灭的真理，但是往往被不努力者援为口实。迟钝人说，文学必须靠天才，我既没有天才，就生来与文学无缘，纵然努力，也是无补费精神。聪明人说，我有天才，这就够了，努力不但是多余的，而且显得天才还有缺陷，天才之所以为天才，正在他不费力而有过人的成就。这两种心理都很普遍，误人也很不浅。文学的门本是大开的。迟钝者误认为它关得很严密不敢去问津；聪明者误认为自己生来就在门里，用不着摸索。他们都同样地懒怠下来，也同样地被关在门外。

从前有许多迷信和神秘色彩附丽在"天才"这个名词上面，一般人以为天才是神灵的凭借，与人力全无关系。近代学者有人说它是一种精神病，也有人说它是"长久的耐苦"。这个名词似颇不易用科学解释。我以为与其说"天才"，不如说"资禀"。资禀是与生俱来的良知良能，只有程度上的等差，没有绝对的分别，有人多得一点，有人少得一点。所谓“天才”不过是在资禀方面得天独厚，并没有什么神奇。莎士比亚和你我相去虽不可以道里计，他所有的资禀你和我并非完全没有，只是他有的多，我们有的少。若不然，他和我们在智能上就没有共同点，我们也就无从了解他、欣赏他了。除白痴以外，人人都多少可以了解欣赏文学，也就多少具有文学所必需的资禀。不单是了解欣赏，创作也还是一理。文学是用语言文字表现思想情感的艺术，一个人只要有思想情感，只要能运用语言文字，也就具有创作文学所必需的资禀。

就资禀说，人人本都可以致力文学；不过资禀有高有低，每个人成为文学家的可能性和在文学上的成就也就有大有小。我们不能对于每件事都能登峰造极，有几分欣赏和创作文学的能力，总比完全没有好。要每个人都成为第一流文学家，这不但是不可能，而且也大可不必；要每个人都能欣赏文学，都能运用语言文字表现思想情感，这不但是很好的理想，而且是可以实现和应该实现的理想。一个人所应该考虑的，不是我究竟应否在文学上下一番功夫（这不成为问题，一个人不能欣赏文学，不能发表思想情感，无疑地算不得一个受教育的人），而是我究竟还是专门做文学家，还是只要一个受教育的人所应有的欣赏文学和表现思想情感的能力？

这第二个问题确值得考虑。如果只要有一个受教育的人所应有的欣赏文学和表现思想情感的能力，每个人只须经过相当的努力，都可以达到，不能拿没有天才做借口；如果要专门做文学家，他就要自问对文学是否有特优的资禀。近代心理学家研究资禀，常把普遍智力和特殊智力分开。普遍智力是施诸一切对象而都灵验的，像一把同时可以打开许多种锁的钥匙；特殊智力是施诸某一种特殊对象而才灵验的，像一把只能打开一种锁的钥匙。比如说，一个人的普遍智力高，无论读书、处事或作战、经商，都比低能人要强；可是读书、处事、作战、经商各需要一种特殊智力。尽管一个人件件都行，如果他的特殊智力在经商，他在经商方面的成就必比做其他事业都强。对于某一项有特殊智力，我们通常说那一项为“性之所近”。一个人如果要专门做文学家就非性近于文学不可。如果性不相近而勉强去做文学家，成功的固然并非绝对没有，究竟是用违其才；不成功的却居多数，那就是精力的浪费了。世间有许多人走错门路，性不近于文学而强做文学家，耽误了他们在别方面可以有为的才力，实在很可惜。“诗人是天生的不是造作的”这句话，对于这种人确是一个很好的当头棒。

但是这句话终有语病。天生的资禀只是潜能，要潜能成为事实，不能不借人力造作。好比花果的种子，天生就有一种资禀可以发芽成树、开花结实，但是种子有很多不发芽成树、开花结实的，因为缺乏人工的培养。种子能发芽成树、开花结实，有一大半要靠人力，尽管它天资如何优良。人的资禀能否实现于学问事功的成就，也是如此。一个人纵然生来就有文学的特优资禀，如果他不下功夫修养，他必定是苗而不秀，华而不实。天才愈卓越，修养愈深厚，成就也就愈伟大。比如说李白、杜甫对于诗不能说是无天才，可是读过他们诗集的人都知道这两位大诗人所下的功夫。李白在人生哲学方面有道家的底子，在文学方面从《诗经》《楚辞》直到齐梁体诗，他没有不费苦心模拟过。杜诗无一字无来历为世所共知。他自述经验说："读书破万卷，下笔如有神。"西方大诗人像但丁、莎士比亚、歌德诸人，也没有一个不是修养出来的。莎士比亚是一般人公评为天才多于学问的，但是谁能测量他的学问的深浅？医生说，只有医生才能写出他的某一幕；律师说，只有学过法律的人才能了解他的某一剧的术语。你说他没有下功夫研究过医学、法学等等？我们都惊讶他的成熟作品的伟大，却忘记他的大半生精力都费在改编前人的剧本，在其中讨诀窍。这只是随便举几个例。完全是"天生"的而不经"造作"的诗人，在历史上却无先例。

孔子有一段论学问的话最为人所称道："或生而知之，或学而知之，或困而知之，及其知之一也。"这话确有至理，但亦看"知"的对象为何。如果所知的是文学，我相信"生而知之"者没有，"困而知之"者也没有，大部分文学家是有"生知"的资禀，再加上"困学"的功夫，"生知"的资禀多一点，"困学"的功夫也许可以少一点。牛顿说："天才是长久的耐苦。"这话也须用逻辑眼光去看，长久的耐苦不一定造成天才，天才却有赖于长久的耐苦。一切的成就都如此，文学只是一例。

天生的是资禀，造作的是修养。资禀是潜能，是种子；修养使潜能实现，使种子发芽成树、开花结实。资禀不是我们自己力量所能控制的，修养却全靠自家的努力。在文学方面，修养包含极广，举其大要，约有三端：

第一是人品的修养。人品与文品的关系是美学家争辩最烈的问题，我们在这里只能说一个梗概。从一方面说，人品与文品似无必然的关系。魏文帝早已说过："古今文人类不护细行。"刘彦和在《文心雕龙·程器》篇里一口气就数了一二十个没有品行的文人，齐梁以后有许多更显著的例，像冯延巳、严嵩、阮大铖之流还不在内。在克罗齐派美学家看，这也并不足为奇。艺术的活动出于直觉，道德的活动出于意志；一为超实用的，一为实用的，二者实不相谋。因此，一个人在道德上的成就不能裨益也不能妨害他在艺术上的成就，批评家也不应从他的生平事迹推论他的艺术的人格。

但是从另一方面说，言为心声，文如其人。思想情感为文艺的渊源，性情品格又为思想情感的型范，思想情感真纯则文艺华实相称，性情品格深厚则思想情感亦自真纯。"仁者之言蔼如""诐辞知其所蔽"。屈原的忠贞耿介，陶潜的冲虚高远，李白的徜徉自恣，杜甫的每饭不忘君国，都表现在他们的作品里面。他们之所以伟大，就因为他们的一篇一什都不仅为某一时会即景生情偶然兴到的成就，而是整个人格的表现。不了解他们的人格，就决不能彻底了解他们的文艺。从这个观点看，培养文品在基础上下功夫就必须培养人品。这是中国先儒的一致主张，"文以载道"说也就是从这个看法出来的。

人是有机体，直觉与意志，艺术的活动与道德的活动恐怕都不能像克罗齐分得那样清楚。古今尽管有人品很卑鄙而文艺却很优越的，究竟是占少数，我们可以用心理学上的“双重人格”去解释。在甲重人格（日常的）中一个人尽管不矜细行，在乙重人格（文艺的）中他却谨严真诚。这种双重人格究竟是一种变态，如论常例，文品表现人品是千真万确的事实。所以一个人如果想在文艺上有真正伟大的成就，他必须有道德的修养。我们并非鼓励他去做狭隘的古板的道学家，我们也并不主张一切文学家在品格上都走一条路。文品需要努力创造，各有独到，人品亦如此，一个文学家必须有真挚的性情和高远的胸襟，但是每个人的性情中可以特有一种天地，每个人的胸襟中可以特有一副丘壑，不必强同而且也决不能强同。

其次是一般学识经验的修养。文艺不单是作者人格的表现，也是一般人生世相的返照。培养人格是一套功夫，对于一般人生世相积蓄丰富而正确的学识经验又另是一套功夫。这可以分两层说。一是读书。从前中国文人以能熔经铸史为贵，韩愈在《进学解》里发挥这个意思，最为详尽。读书的功用在储知蓄理、扩充眼界、改变气质。读的范围愈广，知识愈丰富，审辨愈精当，胸襟也愈恢阔。在近代，一个文人不但要博习本国古典，还要涉猎近代各科学问，否则见解难免偏蔽。这事固然很难。我们第一要精选，不浪费精力于无用之书；第二要持恒，日积月累，涓涓终可成江河；第三要有哲学的高瞻远瞩、科学的客观剖析，否则食而不化，学问反足以梏没性灵。其次是实地观察体验。这对于文艺创作或比读书还更重要。从前中国文人喜游名山大川，一则增长阅历，一则吸纳自然界瑰奇壮丽之气与幽深玄渺之趣。其实这种“气”与“趣”不只在自然中可以见出，在一般人生世相中也可得到。许多著名的悲喜剧与近代小说所表现的精神气魄正不让于名山大川。观察体验的最大的功用还不仅在此，尤其在洞达人情物理。文学超现实而却不能离现实，它所创造的世界尽管有时是理想的，却不能不有现实世界的真实性。近代写实主义者主张文学须有“凭证”，就因为这个道理。你想写某一种社会或某一种人物，你必须对于那种社会那种人物的外在生活与内心生活都有彻底的了解，这非多观察多体验不可。要观察得正确，体验得深刻，你最好投身他们中间，和他们过同样的生活。你过的生活愈丰富，对于人性的了解愈深广，你的作品自然愈有真实性，不致如雾里看花。

第三是文学本身的修养。“工欲善其事，必先利其器”。文学的器具是语言文字。我们第一须认识语言文字，其次须有运用语言文字的技巧。这事看来似很容易，因为一般人日常都在运用语言文字；但是实在极难，因为文学要用平常的语言文字产生不平常的效果。文学家对于语言文字的了解必须比一般人都较精确，然后可以运用自如。他必须懂得字的形声义、字的组织以及音义与组织对于读者所生的影响。这要包含语文学、逻辑学、文法、美学和心理学各科知识。从前人做文言文很重视小学（即语文学），就已看出工具的重要。我们现在做语体文比较做文言文更难。一则语言文字有它的历史渊源，我们不能因为做语体文而不研究文言文所用的语文，同时又要特别研究流行的语文；一则文言文所需要的语文知识有许多专书可供给，流行的语文的研究还在草创，大半还靠作者自己努力去摸索。在现代中国，一个人想做出第一流文学作品，别的条件不用说，单说语文研究一项，他必须有深厚的修养，他必须达到有话都可说出而且说得好的程度。

运用语言文字的技巧一半根据对于语言文字的认识，一半也要靠虚心模仿前人的范作。文艺必止于创造，却必始于模仿，模仿就是学习。最简捷的办法是精选模范文百篇左右（能多固好；不能多，百篇就很够），细心研究每篇的命意、布局、分段、造句和用字，务求透懂，不放过一字一句，然后把它熟读成诵，玩味其中声音节奏与神理气韵，使它不但沉到心灵里去，还须沉到筋肉里去。这一步做到了，再拿这些模范来模仿（从前人所谓“拟”），模仿可以由有意的渐变为无意的。习惯就成了自然。入手不妨尝试各种不同的风格，再在最合宜于自己的风格上多下功夫，然后融合各家风格的长处，成就一种自己独创的风格。从前做古文的人大半经过这种训练，依我想，做语体文也不能有一个更好的学习方法。

以上谈文学修养，仅就其大者略举几端，并非说这就尽了文学修养的能事。我们只要想一想这几点所需要的功夫，就知道文学并非易事，不是全靠天才所能成功的。

给《申报周刊》的青年读者（六）——谈敬

朋友：

前年夏天我到日本去旅行，最使我感动而至今仍眷恋不忘的是在东京明治天皇神宫所见到的一幅景象。那是一个天清气爽的早晨，明治神宫在一座广大的松柏参天、鸦风雀静的园子里巍然兀立，前面横着一条洁净无尘的柏油大道。一队又一队的青年学生趁这条路上学去，走到神宫面前时，都转身向神宫脱帽深深地一鞠躬，然后再继续走他们的路。成群的固然如此，就是单独的行人走到神宫面前对于这一项顶礼也丝毫不苟且。看他们的面容是那样严肃沉着，想来不是一种虚文繁礼，而真是中心敬仰的流露。那时节，我忘记国家的界限，不知不觉地对日本人所表现的这种精神肃然起敬，心里想，日本人究竟不是一个可以轻视的民族。

这种感想常存在心里，一直到去年二月二十六日的日本政变，才受一种出于意外的动摇。那几天的报纸已不在手边，但是经过的大概我还约略记得。二月二十六日那天早晨有一批青年军人同时分途闯进几位国老元勋的住宅去行所谓“清君侧”的壮举。他们闯进以清廉著名的首相冈田的房里，冈田夫人跪地央求他们饶了冈田，让他报效国家，而他们却悍然不顾，把他像宰猪屠狗地杀死了。他们闯进高桥老藏相的房里，老藏相头上耸着八十余龄老叟的白发，面上横着为国家任劳任怨所得的皱纹，向他们瞪着哀怜的眼睛，他们也悍然不顾，把他像宰猪屠狗地伤害了。同时他们用同样的残酷的方法杀害了许多其他国老元勋。据后来的报告，说冈田幸而没有死，但是代冈田而死的松尾面貌活像冈田，行刺者是把他认作冈田杀死的，所以在道德上的意义，他们杀松尾是与杀冈田无殊。当时我看到这种消息，我也忘记国家的界限，对这些被难者表示真挚的同情，同时也觉得日本固有的可宝贵的虔敬精神到现在像是逐渐衰落了，不免有些惋惜；心里又想，如果那次的凶杀能代表现代日本的特殊精神，日本也就不复是一个可畏的民族了。

那两种很强烈的相反称的印象近来常在我心中盘旋。它们使我深刻地感觉到“敬”一个字所代表的情感对于一个民族或一个人的重要。我想，无论是一个民族或是一个人，如果心里没有“敬”的情感，决不会有伟大的成就。我不能仔细用逻辑说明这层道理。这也许仅是我的一种直觉，也许是历史传记把无数古今伟大人物的经验在我心中所积累成的总印象。

提起“敬”，我想到摩西率领六十万犹太人从埃及步行九十余天到西乃山对着山巅的云雾雷电，膜拜他们的尊神耶和华，战战兢兢地受他们的十诫；我想到从前过红海时所望见的天方教徒，在炎天烈日之下的空旷荒野的沙漠里，默默向麦加城俯身合掌祷祝。这种宗教情绪是最原始式的“敬”，而现代人所鄙视的迷信。但是这种迷信的意义是值得深长思的。靠着它，许多原始民族在忧患艰难中很自信地向前挣扎，维持他们的永久生命；靠着它，人类不甘与其他动物同自封于伙食男女的满足，而要悬一个超于人类的全善全能的理想，引导他们，鼓励他们作向上的企图。“敬”不是别的东西，它就是人类的一种自然的向善向上的情感。心里觉得一件东西可尊贵，觉得它超过于自己所常达到的限度，而值得自己去努力追求，于是才对它肃然起敬。

敬的情感在宗教之外又表现于英雄崇拜。提起它，我想起斯巴达王列奥尼达以三百人的孤军死守德摩比利山峡，抵抗几十万的波斯大军，宁可全军覆没，不愿放弃他们的职守。后来希腊诗人在山峡旁纪念碑上题着一句简单而深刻的铭语：“过路人，请告诉斯巴达人，因为服从他们的命令，我们躺在这里。”我想象到这句话所说的英雄事迹在每个希腊人的心中所引起的虔敬，所提起的勇气。这三百人死了，那几十万波斯大军也终竟没有征服希腊，希腊人的生命就靠着这一点虔敬，这一股勇气做了救星。历史上同样的实例不胜枚举。每个国家在新兴时代都有些民族英雄盘踞在一般民众的想象里，使他们咏歌赞叹，使他们奉为模范，追踪仿效，把生命的价值与荣誉永远保持下去。凡是原始时代的史诗都是对于民族英雄的虔敬崇拜的表现。希腊民族的阿喀琉斯、日耳曼民族的西格弗里、法兰西民族的查理大帝都是著例。这些民族的蹶兴，原因固不止一种，他们各有几个民族英雄成为国人的中心信仰与一国特殊精神的结晶，这一层恐怕比任何其他原因都较重要。史诗时代的英雄崇拜在今日固已过去，这是宗教神话的衰落与德谟克拉西精神的兴起所必有的结果。所以在今日谈英雄崇拜不免引起顽固腐朽的讥诮。但是事实最雄辩，骂英雄崇拜的德谟克拉西派与普罗派的人们实际上自己也还在很虔敬地崇拜英雄。倘若不然，谁去要卢梭进先贤祠？谁去替华盛顿立纪念坊？谁去替列宁造铜像？谈到究竟，历史是几个伟大人物造成的。他们特立独行，坚苦卓绝地战胜环境困难，实现他们的理想，留给我们无穷的恩惠。无论他们是政治上的人物像华盛顿和列宁，宗教上的人物像释迦和耶稣，学术上的人物像苏格拉底和孔子，都是值得我们虔诚膜拜的。一种伟大的精神在人间能不朽，就全靠这一颗虔敬的心。“敬”是对于生命最有价值的东西的眷恋，人类到失去虔敬情感的时候，就不会作向上的企图，使生命成为一种有价值的东西了。

虔敬的心到处可以表现。站在一座雄伟峭拔的高峰前，你的心里猛然迸出惊赞；读过一篇情感真挚表现完美的文艺作品，你不由自主地受感动；看到一只老麻雀从树顶上跳下来和一条猛犬拼命，营救它的雏鸟，像屠格涅夫在一首散文诗里所描写的，你心里佩服它的慈祥与勇敢，这都是虔敬的流露。一个人可以敬他的人性和人权，敬他的恩人和良师益友，敬他的责任，敬他的事业，敬他所有的一颗虔敬的心。有天良的人都必有一颗虔敬的心，到失去这颗心时，他的天良必先已丧尽，人其名而兽其实了。

中国先儒也常以主“敬”教人，但是到末流，“敬”变成道学家的一种拘束。“敬”本是良心的自然流露，在外表所看得出来的是“礼”。一部《礼记》和一部《仪礼》可以说是先儒想把“敬”的表现定成一种条文，把“敬”加以公式化或刻版化。“敬”是精神，“礼”是形骸。他们以为精神可以借形骸而维持其生命，其实形骸虽存，精神可以不存在。借重形骸，结果往往使人逐渐忘去它所应表现的精神，而形骸也变成空洞累赘。“敬”由“礼”而流为拘束的原因即在此。举一个很浅显的例：向总理遗像鞠躬读遗嘱，本来应该是一种虔敬的表示，现在一般行政人员和学生们举行这种礼节时，心里大半没有丝毫虔敬的念头，就不免嫌它是一种拘束了。

我常替我们现在的中国民族担忧，我觉得我们现代中国人，无论老少，都太缺乏真挚的虔敬心。中国人本来是一个最不宗教的民族，不过在已往几千年中我们却也有一个中心信仰而对于它也怀着一种虔敬。我们曾经敬仰过忠孝节义的美德，我们曾经敬仰过在政治学术文艺各方面有伟大建树的人物。在现代，这些似乎都已变成被唾弃的偶像了。我们的心中变成很空洞的，觉得世间似乎没有一个人、一件东西或是一种品格值得我们心悦诚服地尊敬。根本上我们就已经失去一颗虔敬的心，一件奇耻大辱不能使我们感到羞耻，一个伟大人物的嘉言懿行不能使我们感发兴起。在种种方面我们都贪苟且，做官苟且抓钱，办外交苟且妥协，守防地苟且降屈退让，过毒窟妓院苟且贪一时的感官快乐……这种种“苟且”都是虔敬心丧失的铁证。文学是民族精神的最直接的表现，而现在中国最流行的文学是幽默诙谐讽刺，是无聊的感伤，是不负责任的呐喊。它所表现的是一副憨皮笑脸的态度。虔敬站在它旁边自然显得迂腐了。

朋友，你想想看，世间哪一件伟大的事业是憨皮笑脸的态度可以产生出来的？哪一个民族或则哪一个人心里不敬仰一种高尚的理想而能作向上的企图？在这憨皮笑脸的世界中，小心提防受他们的传染，时时读伟大人物的传记，滋养你那一颗虔敬的心啊！

光潜

个人本位与社会本位的伦理观

社会由个人集合而成，而个人亦必生存于社会。由前一点说，个人是主体，社会是扩充；由后一点说，社会是主体，个人是附庸。粗略地说，中国传统的伦理思想偏重前一个看法，西方传统的伦理思想偏重后一个看法。

中国思想界最占势力的是道家与儒家。道家思想有两个基本原则：一是极端的自然主义，一是极端的个人主义。唯其偏重自然主义，所以蔑视制度文为。一切都应任其自然，无为而治，凡是制度文为都是不必要的纷扰，我们必须把它们丢开，回到“自然状态”中的浑朴真纯，才能达到太平安乐景象。唯其侧重个人主义，所以蔑视社会。虽说“大患在于有身”，而身究竟贵于天下一切，尊生贵己，长生久视，是道家极重视的一套功夫。“民至老死不相往来”，自然说不到个人转移社会，更说不到社会影响个人。老子所谓“我无为而民自化，我无事而民自富，我无欲而民自朴”，其实并非有所作为，不过人人各安其所，把文化与生活需要降到极低限度，互不侵犯，“共存共荣”而已。道家反对社会，所以反对适用于社会的一切美德如仁义礼智之类。他们的理想是“遗世独立”“超然物表”，儒家与道家彻底不同的地方在淑世心切，极重有为，要把世界由“自然状态”提升到“文化状态”。但是儒家虽不倡个人主义，而论道德，说仁义，却全从个人本位出发。修身诚意、克己复礼，是基本功夫，齐家治国平天下不过是修身以后的效用。政治只是一种教育，而教育又只是人格感化。季康子问政，孔子回答说：“政者正也，子帅以正，孰敢不正？”己立立人，己达达人；达固可兼善天下，穷仍可独善其身。儒家所提倡的美德大半含有社会性，但是他们所着重的却不在它的社会性，而在它对于个人修养的重要。比如说仁与敬是儒家所极重视的，仁必有对象，敬亦必有对象，但儒家并不着重仁与敬对于人（社会）的效用，而着重它们在个人内心是美德。儒家颇鄙视功利主义，很有“为道德而道德”的精神。

西方思想界最占势力的是希腊人所传下来的哲学系统和从希伯来所吸收过来的基督教。哲学支流虽多，谈伦理大半从社会本位出发。最显著的是柏拉图和黑格尔，他们都以为国家高于一切，个人幸福应以社会幸福为本。卢梭本是菲薄社会者，也说民约既成，个人意志即须受制于公众意志。近代西方人所提倡的自由似稍替个人主义助声势，但是他们的理想的自由，如穆勒所标榜的，是“最多数人的最大量的幸福”，仍不脱社会本位的看法。至于基督教本是被压迫民族所酝酿成的一种宗教，在欧洲社会开始崩溃时流传到西方，其要义为平等博爱，实针对当时欧洲社会的病象，含有很浓厚的社会革命意味。耶稣被认为救世主，他的受刑是为全人类赎罪。耶稣教徒的理想是天国的实现而不是个人的享乐。耶稣教所以深入人心的原因，除着提出与现实黑暗世界相对照的一个光明灿烂的天国以外，还有同教门中的极强烈的“弟兄感”。总之，耶稣教之成功，正因其是从社会本位出发的宗教。哲学与宗教在西方所以走到侧重社会的方向，原因大概在西方国小，个人与社会的关系易于感觉到，“道德”（morality）一词在西文原义本为“习俗”。近代西方伦理学家以为道德起于人与人的关系，离开社会便无道德可言，甚至有人以为行为之为善为恶，就看他对于社会有益或有害；社会学家以为道德只是社会习俗所逐渐演成的，变其所已然为其所当然，所以伦理学应由规范科学变为自然科学；政治经济学家以为人的好坏大半由于社会环境，说到究竟，个人的道德责任应由社会担负起，要改善个人，先要改善社会。

这两种不同的看法形成中西文化思想的两种不同的类型，中国人侧重个人本位，所以道德的观念特别浓厚，政治法律思想多从伦理思想出发，伦理学与政治学、法律学有一个一贯的条理。西方人侧重社会本位，所以法的观念特别浓厚，伦理思想常为政治、法律思想所左右，在大哲学家的系统中，政治、法律、伦理虽亦彼此呼应，而普通伦理学所讲的是一回事，政治学和法律学所讲的又另是一回事，彼此很少关联。

人是社会的动物，他是一个人，也是社会一分子，我们的基本问题有两个：一、离开社会一分子的地位，一个人在人的地位有无道德修养可言呢？二、一个人在社会一分子的地位所表现的道德修养，是否要根据他在人的地位所表现的道德修养呢？中国传统思想对于这两个问题向来予以很肯定的答复。西方思想或是忽略这两个思想，或是根本否认它们有何意义。这两种思想类型各有其环境背景，我们不必武断地加以评价；而且说到类型，都不免普泛粗略，中国人也未尝不偶有从社会本位出发，西方人也未尝不偶有从个人本位出发。不过就大体说，中国人以为一个人须先是自己是一个好人，对社会才会是好人，个人好，社会才能好；西方人以为一个人对于社会是好人，才算得是好人，社会好，个人就容易好。他们同以人好与社会好为理想，不过着重点不同，我们可以借用物理学的术语说，中国人的伦理观是“离心的”，由内而外的，西方人的伦理观是“向心的”，由外而内的。

这两种看法也可以说不只是中西的分别，而是新旧的分别。很显然的，在西方偏重社会本位的看法到现代更加彰明较著，中国人近来受西方思想的影响，也逐渐倾向社会本位的看法，这也是自然的趋势。文化愈前进，社会组织愈繁复而严密，社会的势力日渐大，个人的力量也就日渐小，在现代情况之下，以个人转移社会较难，以社会转移个人则甚易。我们的问题是：在现代情况之下，假如一个社会坏到不易收拾的地步，有什么原动力可以收拾它、改善它呢？依中国传统的看法，人存则政举，转移风化必赖贤哲，在一个坏的社会中，如果有少数个人敦品厉行，标出一个好榜样，使多数人逐渐受感化，造成一个新风气，然后那个社会自然会变好。依一部分西方学者的看法，社会自身本其固有的力量逐渐转变，它所潜藏的弱点就是它向另一方向转变的萌芽，正反相成，新陈代谢，否极自然泰来。比如封建社会到走不通时，自然会转变到近代国家社会；农业社会到走不通时，自然会转变到工业社会；私产社会走不通时，自然会转变到企业公营社会。每阶段的社会有它的特殊理想和道德观念。照这个看法，社会是能以自力更生的有机体，所谓“自力”就是物质条件，物质条件的大势所趋有如排山倒海，人力（至少是个人的力量）是无可如之何的。

总之，社会转变不出两种方式，或由自变，或由人变。这两种方式也并不必彼此冲突。我们承认社会本身有一个常趋转变的大势，同时，我们也不能否认少数人的努力也往往可以促成、延滞或移转这个大势。“时势造英雄，英雄亦造时势”，这句老话究竟不错。极端的唯物史观不能使我们满意，就因为它多少是一种定命论，它剥夺了人的意志自由，也就取消了人的道德责任和努力的价值。我们必须承认人力可以改造社会，然后我们遇着环境的困难才不会绝望，而我们的努力也才有意义与价值，我们也才能够说：把这世界安排得较合理想一点，是我们每个人的责任。

我特别提出这个问题来谈，用意是在解答目前一般人所最焦虑的一个问题：中国社会如何可以变好呢？多数青年着眼到社会的黑暗一方面，在这问题前面彷徨、苦闷，以至于绝望。在他们看，这社会积弊太深，积重难返，对于每个人是一种推不翻的重压，纵然有少数人的努力也是独木难支的大厦，这种心理是必须彻底消除的。我从前曾写过一段话，现在还觉得不错：“社会愈恶愈需要有少数特立独行的人们去转移风气。一个学校里学生纵然十人有九人奢侈，一个俭朴的学生至少可以显出奢侈与俭朴的分别；一个机关的官吏纵然十人有九人贪污，一个清严的官吏至少可以显出贪污与清严的分别。好坏是非都由相形之下见出。一个社会到了腐败的时候，大家都跟旁人向坏处走，没有一个人反抗潮流，势必走到一般人完全失去是非好坏分别的意识，而世间便无所谓羞耻事了。所以全社会都坏时，如果有一个好人存在，他的意义与价值是不可测量的。”世间事有因就必有果，种下善因，迟早必得善果。物理的力不灭，精神的力更不灭，它能够由一人而感发十人、百人以至无数人。所谓“风气”就是这样培养成的。

要复兴中国民族，我们必须在青年心理中养成对于个人努力的信任。道理原来很简单，分子不健全，团体决不会健全，我们的环境日渐其难，不努力决不能侥幸成功。现在许多人仍妄存侥幸的心理，以为我们在竞存的世界中，纵然没有能力，还可以卖老招牌，充空心大老倌，或是以为我们自己纵然无能，旁人也许会慷慨好施，助我们立国。这种心理最荒唐也最危险。将来我们的生存权必寄托于全民族每个分子的努力，这是确无疑义的天经地义。借自己的努力，坚苦卓绝地奋斗到底，以求征服一切环境困难，达到我们所追求的理想，这是我们所应崇奉的英雄主义。依照这种英雄主义，我们必须尊敬而且维护社会上一切环境困难而能挺身奋斗者，必须鄙弃而且消灭社会上一切侥幸苟安者、夤缘幸进者和颓废因循者。社会像生物一样，寄生虫愈多，也就愈易枯朽。无功受禄者与不才而在高位者都是社会的寄生虫，他们日蛀蚀，夜蛀蚀，终究会将社会蛀蚀成枯壳。关于这一点，我觉得政教当局须特别注意，为着自树声势而多引用或扶助一个无品学的青年，便是多奖励一分苟且侥幸的心理，多打消一分坚苦奋斗的精神。这种办法可危及国家命脉，我们当知警惕。

我个人深切地感觉到中国社会所以腐浊，实由我们人的质料太差，学问、品格、才力，件件都经不起衡量。要把中国社会变好，第一须先把人的质料变好。我并不敢非薄现代青年，我总觉得现代青年大半仍在鼓里过日子，没有明白自己的责任，更不肯出死力去尽自己的责任，多数人徒以学校为进身干禄之阶，品格固不砥砺，学问也止于浅尝肤受。这种风气必须改变过，中国才真正有希望。改变风气是教育的事，但是教育却不仅是学校的事。学问固然应该多给青年们以良好的影响，而学校以外的政教当局与整个社会也应该少给青年们以不良的影响。在过去，学校与社会都显然没有充分地尽他们的责任，应该自惭的地方甚多，彼此都需要严厉地自省与自责。

我近来读了两部基督教会史，心里颇多感触。耶稣和他的十二门徒与早期神父，除着圣保罗以外，大半出身下层社会，没有什么学问。他们处境又非常困难，内受犹太同胞的倾轧，外受罗马政权的凌虐。然而在三四百年间，他们的势力遍于全欧，五六百年间，他们的传教士远达于中国长安，使耶稣教成为世界文化中一个主要的因素，没有一个更好的实例可以使我们明白少数人的努力能造成弥漫一世的风气。可是我们也要记着早期基督教的神父的努力是如何坚苦卓绝！为着传布他们的信仰，他们赴汤蹈论火，居隧道，饱猛兽，前仆后起，以牺牲性命为光荣。无论我们是否相信基督教，他们的精神确可令人闻风兴起。

我们不必需要宗教，但必须有宗教家布道的精神。十几个犹太平民居然调动了全世界，难道十几个有为有守的中国人就不能把中国社会改善吗？我们需要救世主，这救世主必定是少数人而不是全社会，而少数人却必有替人类担荷罪孽，不惜牺牲身家性命的决心。亚门！

辑五 长风破浪会有时

世间没有一件有价值的事可以不费力就能学好做好。我们必须谨记着『不问收获，只问耕耘』一句至理名言。下一分功夫，自然有一分成就。

谈立志

抗战以前与抗战以来的青年心理有一个很显然的分别：抗战以前，普通青年的心理变态是烦闷，抗战以来，普通青年的心理变态是消沉，烦闷大半起于理想与事实的冲突。在抗战以前，青年对于自己前途有一个理想，要有一个很好的环境求学，再有一个很好的职业做事；对于国家民族也有一个理想，要把侵略的外力打倒，建设一个新的社会秩序。这两种理想在当时都似很不容易实现，于是他们急躁不耐烦，失望，以至于苦闷。抗战发生时，我们民族毅然决然地拼全副力量来抵挡侵略的敌人，青年们都兴奋了一阵，积压许久的郁闷为之一畅。但是这种兴奋到现在似已逐渐冷静下去，国家民族的前途比从前光明，个人求学就业也比从前容易，虽然大家都硬着脖子在吃苦，可是振作的精神似乎很缺乏。在学校的学生们对功课很敷衍，出了学校就职业的人们对事业也很敷衍，对于国家大事和世界政局没有像从前那样关切。这是一个很可忧虑的现象，因为横在我们面前的还有比抗敌更艰难的局面，需要更坚决更沉着的努力来应付，而我们青年现在所表现的精神显然不足以应付这种艰难的局面。

如果换过方式来说，从前的青年人病在志气太大，目前的青年人病在志气太小，甚至于无志气。志气太大，理想过高，事实迎不上头来，结果自然是失望烦闷；志气太小，因循苟且，麻木消沉，结果就必至于堕落。所以我们宁愿青年烦闷，不愿青年消沉。烦闷至少是对于现实的欠缺还有敏感，还可以激起努力；消沉对于现实的欠缺就根本麻木不仁，决不会引起改善的企图。但是说到究竟，烦闷之于消沉也不过是此胜于彼，烦闷的结果往往是消沉，犹如消沉的结果往往是堕落。目前青年的消沉与前五六年青年的烦闷似不无关系。烦闷是耗费心力的，心力耗费完了，连烦闷也不曾有，那便是消沉。

一个人不会生来就烦闷或消沉的，因为人都有生气，而生气需要发扬，需要活动。有生气而不能发扬，或是活动遇到阻碍，才会烦闷和消沉。烦闷是感觉到困难，消沉是无力征服困难而自甘失败。这两种心理病态都是挫折以后的反应。一个人如果经得起挫折，就不会起这种心理变态。所谓经不起挫折，就是没有决心和勇气，就是意志薄弱。意志薄弱经不起挫折的人往往有一套自宽自解的话，就是把所有的过错都推诿到环境。明明是自己无能，而埋怨环境不允许我显本领；明明是自己甘心作坏人，而埋怨环境不允许我做好人。这其实是懦夫的心理，对于自己全不肯负责任。环境永远不会美满的，万一它生来就美满，人的成就也就无甚价值。人所以可贵，就在他不像猪豚，被饲而肥，他能够不安于污浊的环境，拿力量来改变它，征服它。

普通人的毛病在责人太严，责己太宽。埋怨环境还由于缺乏自省自责的习惯。自己的责任必须自己担当起，成功是我的成功，失败也是我的失败。每个人是他自己的造化主，环境不足畏，犹如命运不足信。我们的民族需要自力更生。我们每个人也是如此。我们的青年必须先有这种觉悟，个人和国家民族的前途才有希望。能责备自己，信赖自己，然后自己才会打出一个江山来。

我们有一句老话："有志者事竟成。"这话说得很好，古今中外在任何方面经过坚苦奋斗而成功的英雄豪杰都可以做例证。志之成就是理想的实现。人为的事实都必基于理想，没有理想决不能成为人为的事实。譬如登山，先须存念头去登，然后一步一步地走上去，最后才会达到目的地。如果根本不起登的念头，登的事实自无从发生。这是浅例。世间许多行尸走肉浪费了他们的生命，就因为他们对于自己应该做的事不起念头。许多以教育为事业的人根本不起念头去研究，许多以政治为事业的人根本不起念头为国民谋幸福。我们的文化落后，社会紊乱，不就由于这个极简单的原因吗？这就是上文所谓"消沉""无志气"。"有志者事竟成"，无志者事就不成。

不过"有志者事竟成"一句话也很容易发生误解，"志"字有几种意义：一是念头或愿望（wish），一是起一个动作时所存的目的（purpose），一是达到目的的决心（will，determination）。譬如登山，先起登的念头，次要一步一步地走，而这走必步步以登为目的，路也许长，障碍也许多，须抱定决心，不达目的不止，然后登的愿望才可以实现，登的目的才可以达到。“有志者事竟成”的志，须包含这三种意义在内：第一要起念头，其次要认清目的和达到目的之方法，第三是抱必达目的之决心。很显然的，要事之成，其难不在起念头，而在目的之认识与达到目的之决心。

有些人误解立志只是起念头。一个小孩子说他将来要做大总统，一个乞丐说他成了大阔佬要砍他的仇人的脑袋，所谓“癞蛤蟆想吃天鹅肉”，完全不思量达到这种目的所必有的方法或步骤，更不抱定循这方法步骤去达到目的之决心，这只是狂妄，不能算是立志。世间有许多人不肯学乘除加减而想将来做算学的发明家，不学军事、学当兵打仗而想将来做大元帅东征西讨，不切实培养学问技术而想将来做革命家改造社会，都是犯这种狂妄的毛病。

如果以起念头为立志，则有志者事竟不成之例甚多。愚公尽可移山，精卫尽可填海，而世间却实有不可能的事情。我们必须承认“不可能”的真实性。所谓“不可能”，就是俗语所谓“没有办法”，没有一个方法和步骤去达到所悬想的目的。没有认清方法和步骤而想达到那个目的，那只是痴想而不是立志，志就是理想，而理想的理想必定是可实现的理想。理想普通有两种意义，一是“可望而不可攀，可幻想而不可实现的完美”，比如许多宗教都以长生不老为人生理想，它成为理想，就因为事实上没有人长生不老。理想的另一意义是“一个问题的最完美的答案”，或是“可能范围以内的最圆满的解决困难的办法”。比如长生不老虽非人力所能达到，而强健却是人力所能达到的，就人的能力范围来说，强健是一个合理的理想。

这两种意义的分别在一个蔑视事实条件，一个顾到事实条件，一个渺茫无稽，一个有方法步骤可循。严格地说，前一种是幻想、痴想而不是理想，是理想都必顾到事实。在理想与事实起冲突时，错处不在事实而在理想。我们必须接受事实，理想与事实背驰时，我们应该改变理想。坚持一种不合理的理想而至死不变只是匹夫之勇，只是“猪武”。我特别着重这一点，因为有些道德家在盲目地说坚持理想，许多人在盲目地听。

我们固然要立志，同时也要度德量力。卢梭在他的教育名著《爱弥儿》里有一段很透辟的话，大意是说人生幸福起于愿望与能力的平衡。一个人应该从幼时就学会在自己能力范围以内起愿望，想做自己所能做的事，也能做自己所想做的事。这番话出诸浪漫色彩很深的卢梭尤其值得我们玩味。卢梭自己有时想入非非，因此吃过不少的苦头，这番话实在是经验之谈。许多烦闷，许多失败，都起于想做自己所不能做的事，或是不能做自己所想做的事。

志气成就了许多人，志气也毁坏了许多人。既是志，实现必不在目前而在将来。许多人拿立志远大作借口，把目前应做的事延宕贻误。尤其是青年们欢喜在遥远的未来摆一个黄金时代，把希望全寄托在那上面，终日沉醉在迷梦里，让目前宝贵的时光与机会错过，徒贻后日无穷之悔。我自己从前有机会学希腊文和意大利文时，没有下手，买了许多文法读本，心想到四十岁左右时当有闲暇岁月，许我从容自在地自修这些重要的文字，现在四十过了几年了，看来这一生似不能与希腊文和意大利文有缘分了，那箱书籍也恐怕只有摆在那里霉烂了。这只是一例，我生平有许多事叫我追悔，大半都像这样“志在将来”而转眼即空空过去。“延”与“误”永是连在一起，而所谓“志”往往叫我们由“延”而“误”。所谓真正立志，不仅要接受现在的事实，尤其要抓住现在的机会。如果立志要做一件事，那件事的成功尽管在很远的将来，而那件事的发动必须就在目前一顷刻。想到应该做，马上就做，不然，就不必发下一个空头愿。发空头愿成了一个习惯，一个人就会永远在幻想中过活，成就不了任何事业，听说抽鸦片烟的人想头最多，意志力也最薄弱。老是在幻想中过活的人在精神方面颇类似烟鬼。

我在很早的一篇文章里提出我个人做人的信条，现在想起，觉得其中仍有可取之处，现在不妨趁此再提出供读者参考。我把我的信条叫作“三此主义”，就是此身，此时，此地。一、此身应该做而且能够做的事，就得由此身担当起，不推诿给旁人。二、此时应该做而且能够做的事，就得在此时做，不拖延到未来。三、此地（我的地位，我的环境）应该做而且能够做的事，就得在此地做，不推诿到想象中的另一地位去做。

这是一个极现实的主义。本分人做本分事，脚踏实地，丝毫不带一点浪漫情调。我相信如果我们能够彻底地照着做，不至于很误事。西谚说得好："手中的一只鸟，值得林中的两只鸟。"许多"有大志"者往往为着觊觎林中的两只鸟，让手中的一只鸟安然逃脱。

谈摆脱

朋友：

近来研究黑格尔（Hegel）讨论悲剧的文章，有时拿他的学说来印证实际生活，颇觉欣然有会意。许久没有写信给你，现在就拿这点道理作谈料。

黑格尔对于古今悲剧，最推尊希腊索福克勒斯（sophocles）的《安提戈涅》(Antigone)。安提戈涅的哥哥因为争王位，借重敌国的兵攻击他自己的祖国忒拜，他在战场中被打死了。忒拜新王克瑞翁（Creon）悬令，如有人敢收葬他，便处死罪，因为他是一个国贼。安提戈涅很像中国的聂嫈，毅然不避死刑，把她哥哥的尸骨收葬了。安提戈涅又是和克瑞翁的儿子海蒙（Haemon）订过婚的，她被绞以后，海蒙痛恨她，也自杀了。

黑格尔以为凡悲剧都生于两理想的冲突，而安提戈涅是最好的实例。就克瑞翁说，做国王的职责和做父亲的职责相冲突。就安提戈涅说，做国民的职责和做妹妹的职责相冲突。就海蒙说，做儿子的职责和做情人的职责相冲突。因此冲突，故三方面结果都是悲剧。

黑格尔只是论文学，其实推广一点说，人生又何尝不是一种理想的冲突场？不过实在界和舞台有一点不同，舞台上的悲剧生于冲突之得解决，而人生的悲剧则多生于冲突之不得解决。生命途程上的歧路尽管千差万别，而实际上只有一条路可走，有所取必有所舍，这是自然的道理。世间有许多人站在歧路上只徘徊顾虑，既不肯有所舍，便不能有所取。世间也有许多人既走上这一条路，又念念不忘那一条路。结果也不免差误时光。“鱼我所欲，熊掌亦我所欲，二者不可得兼，舍鱼而取熊掌可也。”有这样果决，悲剧决不会发生。悲剧之发生就在既不肯舍鱼，又不肯舍熊掌，只在那儿垂涎打算盘。这个道理我可以举几个实例来说明。

“禾”是一个大学生，很好文学，而他那一班的功课有簿记，有法律，都是他所厌恶的。他每见到我便愁眉蹙额地说：“真是无聊！天天只是预备考试！天天只是读这些没有意味的课本！”我告诉他：“你既不欢喜那些东西，便把它们丢开就是了。”他说：“既然花了家里的钱进学堂，总得要勉强敷衍考试才是。”我说：“你要敷衍考试，就敷衍考试是了。”然而他天天嫌恶考试，天天又在那儿预备考试。

我有一个幼时的同学恋爱了一个女子。他的家庭极力阻止他。他每次来信都向我诉苦。我去信告诉他说：“你既然爱她，便毅然不顾一切去爱她就是了。”他又说：“家庭骨肉的恩爱就能够这样恝然置之吗？”我回复他说：“事既不能两全，你便应该趁早疏绝她。”但是他到现在还是犹豫不知所可，还是照旧叫苦。

“禹”也是一个旧相识。他在衙门里充当一个小差事。他很能做文章，家里虽不丰裕，也还不至于没有饭吃。衙门里案牍和他的脾胃不很合，而且妨碍他著述。他时常觉得他的生活没有意味，和我谈心时，不是说：“嗳，如果我不要就这个事，这本稿子久已写成了。”就是说：“这事简直不是人干的，我回家陪妻子吃糙米饭去了！”像这样的话我也不知道听他说过多少回数，但是他还是依旧风雨无阻地去应卯。

这些朋友的毛病都不在“见不到”而在“摆脱不开”。“摆脱不开”便是人生悲剧的起源。畏首畏尾，徘徊歧路，心境既多苦痛，而事业也不能成就。许多人的生命都是这样模模糊糊地过去的。要免除这种人生悲剧，第一须要“摆脱得开”。消极说是“摆脱得开”，积极说便是“提得起”，便是“抓得住”。认定一个目标，便专心致志地向那里走，其余一切都置之度外，这是成功的秘诀，也是免除烦恼的秘诀。现在姑且举几个实例来说明我所谓“摆脱得开”。

释迦牟尼当太子时，乘车出游，看到生老病死的苦状，便恍然解悟人生虚幻，把慈父娇妻爱子和王位一齐抛开，深夜遁入深山，静坐菩提树下，冥心默想解脱人类罪苦的方法。这是古今第一个知道摆脱的人。其次如苏格拉底，如耶稣，如屈原，如文天祥，为保持人格而从容就死，能摆脱开一般人所摆脱不开的生活欲，也很可以廉顽立懦。再其次如希腊第欧根尼提倡克欲哲学，除一个饮水的杯子和一个盘坐的桶子以外，身旁别无长物，一日见童子用手捧水喝，他便把饮水的杯子也掷碎。犹太斯宾诺莎学说与犹太教义不合，犹太教徒行贿不遂，把他驱逐出籍，他以后便专靠磨镜过活。他在当时是欧洲第一个大哲学家，海得尔堡大学请他去当哲学教授，他说“我还是磨我的镜子比较自由”，所以谢绝教授的位置。这是能为真理为学问摆脱一切的。卓文君逃开富家的安适，去陪司马相如当垆卖酒，是能为恋爱摆脱一切的。张翰在齐做大司马东曹掾，一天看见秋风乍起，想起吴中菰菜莼羹鲈鱼脍，立刻就弃官归里。陶渊明做彭泽令，不愿束带见督邮，向县吏说：“我岂能为五斗米折腰向乡里小儿！”立即解绶辞官。这是能摆脱禄位以行吾心所安的。英国小说家司各特[①]早年颇致力于诗，后读拜伦著作，知道自己在诗的方面不能有大成就，便丢开音律专去做他的小说。这是能为某一种学问而摆脱开其他学问之引诱的。孟敏堕甑，不顾而去。郭林宗问他的缘故，他回答说：“甑已碎，顾之何益？”这是能摆脱过去失败的。

斯蒂文森论文，说文章之术在知遗漏（the art of omitting），其实不独文章如是，生活也要知所遗漏。我幼时，有一位最敬爱的国文教师看出我不知摆脱的毛病，尝在我的课卷后面加这样的批语：

① 现多译作斯科特。

“长枪短戟，用各不同，但精其一，已足致胜，汝才有偏向，姑发展其所长，不必广心博骛也。”十年以来，说了许多废话，看了许多废书，做了许多不中用的事，走了许多没有目标的路，多尝试，少成功，回忆师训，殊觉赧然，冷眼观察，世间像我这样暗中摸索的人正亦不少。大节固不用说，请问街头那纷纷群众忙的为什么？为什么天天做明知其无聊的工作，说明知其无聊的话，和明知其无聊的朋友假意周旋？在我看来，这都由于“摆脱不开”。因为人人都“摆脱不开”，所以生命便成了一幕最大的悲剧。

朋友，我写到这里，已超过寻常篇幅，把上面所写的翻看一过，觉得还没有把“摆脱”的道理说得透。我只谈到粗浅处，细微处让你自己暇时细心体会。

你的朋友　孟实

谈人生与我

朋友：

我写了许多信，还没有郑重其事地谈到人生问题，这是一则因为这个问题实在谈滥了，一则也因为我看这个问题并不如一般人看得那样重要。在这最后一封信里我所以提出这个滥题来讨论者，并不是要说出什么一番大道理，不过把我自己平时几种对于人生的态度随便拿来做一次谈料。

我有两种看待人生的方法。在第一种方法里，我把我自己摆在前台，和世界一切人和物在一块玩把戏；在第二种方法里，我把我自己摆在后台，袖手看旁人在那儿装腔作势。

站在前台时，我把我自己看得和旁人一样，不但和旁人一样，并且和鸟兽虫鱼诸物也都一样。人类比其他物类痛苦，就因为人类把自己看得比其他物类重要。人类中有一部分人比其余的人苦痛，就因为这一部分人把自己比其余的人看得重要。比方穿衣吃饭是多么简单的事，然而在这个世界里居然成为一个极重要的问题，就因为有一部分人要亏人自肥。再比方生死，这又是多么简单的事，无量数人和无量数物都已生过来死过去了。一个小虫让车轮压死了，或者一朵鲜花让狂风吹落了，在虫和花自己都决不值得计较或留恋，而在人类则生老病死以后偏要加上一个苦字。这无非是因为人们希望造物主宰待他们自己应该比草木虫鱼特别优厚。

因为如此着想，我把自己看作草木虫鱼的侪辈，草木虫鱼在和风甘露中是那样活着，在炎暑寒冬中也还是那样活着。像庄子所说，它们“诱然皆生，而不知其所以生；同焉皆得，而不知其所以得”。它们时而戾天跃渊，欣欣向荣，时而含葩敛翅，晏然蛰处，都顺着自然所赋予的那一副本性。它们决不计较生活应该是如何，决不追究生活是为着什么，也决不埋怨上天待它们特薄，把它们供人类宰割凌虐。在它们说，生活自身就是方法，生活自身也就是目的。

从草木虫鱼的生活，我觉得一个经验。我不在生活以外别求生活方法，不在生活以外别求生活目的。世间少我一个，多我一个，或者我时而幸运，时而受灾祸侵逼，我以为这都无伤天地之和。你如果问我，人们应该如何生活才好呢？我说，就顺着自然所给的本性生活着，像草木虫鱼一样。你如果问我，人们生活在这幻变无常的世相中究竟为着什么？我说，生活就是为着生活，别无其他目的。你如果向我埋怨天公说，人生是多么苦恼啊！我说，人们并非生在这个世界来享幸福的，所以那并不算奇怪。

这并不是一种颓废的人生观。你如果说我的话带有颓废的色彩，我请你在春天到百花齐放的园子里去，看看蝴蝶飞，听听鸟儿鸣，然后再回到十字街头，仔细瞧瞧人们的面孔，你看谁是活泼，谁是颓废？请你在冬天积雪凝寒的时候，看看雪压的松树，看看站在冰上的鸥和游在水中的鱼，然后再回头看看遇苦便叫的那“万物之灵”，你以为谁比较能耐苦持恒呢？

我拿人比禽兽，有人也许目为异端邪说。其实我如果要援引“经典”，称道孔孟以辩护我的见解，也并不是难事。孔子所谓“知命”，孟子所谓“尽性”，庄子所谓“齐物”，宋儒所谓“廓然大公，物来顺应”和希腊廊下派哲学，我都可以引申成一篇经义文，做我的护身符。然而我觉得这大可不必。我虽不把自己比旁人看得重要，我也不把自己看得比旁人分外低能，如果我的理由是理由，就不用仗先圣先贤的声威。

以上是我站在前台对于人生的态度。但是我平时很欢喜站在后台看人生。许多人把人生看作只有善恶分别的，所以他们的态度不是留恋，就是厌恶。我站在后台时把人和物也一律看待，我看西施、嫫母、秦桧、岳飞也和我看八哥、鹦鹉、甘草、黄连一样，我看匠人盖屋也和我看鸟鹊营巢、蚂蚁打洞一样，我看战争也和我看斗鸡一样，我看恋爱也和我看雄蜻蜓追雌蜻蜓一样。因此，是非善恶对我都无意义，我只觉得对着这些纷纭扰攘的人和物，好比看图画，好比看小说，件件都很有趣味。

这些有趣味的人和物之中自然也有一个分别。有些有趣味，是因为它们带有很浓厚的喜剧成分；有些有趣味，是因为它们带有很深刻的悲剧成分。

我有时看到人生的喜剧。

前天遇见一个小外交官，他的上下巴都光光如也，和人说话时却常常用大拇指和食指在腮旁捻一捻，像有胡须似的。他们说这是官气，我看到这种举动比看诙谐画还更有趣味。许多年前一位同事常常很气愤地向人说："如果我是一个女子，我至少已接得一尺厚的求婚书了！"偏偏他不是女子，这已经是喜剧；何况他又麻又丑，纵然他幸而为女子，也决不会有求婚书的麻烦，而他却以此沾沾自喜，这总算得喜剧之喜剧了。这件事和英国文学家哥尔德斯密斯的一段逸事一样有趣。他有一次陪几个女子在荷兰某一个桥上散步，看见桥上行人个个都注意他同行的女子，而没有一个睬他自己，便板起面孔很气愤地说："哼，在别地方也有人这样看我咧！"

如此等类的事，我天天都见得着。在闲静寂寞的时候，我把这一类的小小事件从记忆中召回来，寻思玩味，觉得比抽烟饮茶还更有味。老实说，假如这个世界中没有曹雪芹所描写的刘姥姥，没有吴敬梓所描写的严贡生，没有莫利哀所描写的达尔杜弗和阿尔巴贡，生命更不值得留恋了。我感谢刘姥姥、严贡生一流人物，更甚于我感谢钱塘的潮和匡庐的瀑。

其次，人生的悲剧尤其能使我惊心动魄。许多人因为人生多悲剧而悲观厌世，我却以为人生有价值正因其有悲剧。我在几年前作的《无言之美》里曾说明这个道理，现在引一段来：

我们所居的世界是最完美的，就因为它是最不完美的。这话表面看去，不通已极。但是实含有至理。假如世界是完美的，人类所过的生活——比好一点，是神仙的生活；比坏一点，就是猪的生活——便呆板单调已极，因为倘若件件事都尽美尽善了，自然没有希望发生，更没有努力奋斗的必要。人生最可乐的就是活动所生的感觉，就是奋斗成功而得的快慰。世界既完美，我们如何能尝创造成功的快慰？这个世界之所以美满，就在有缺陷，就在有希望的机会，有想象的田地。换句话说，世界有缺陷，可能性才大。

这个道理李石岑先生在《一般》三卷三号所发表的《缺陷论》里也说得很透辟。悲剧也就是人生一种缺陷。它好比洪涛巨浪，令人在平凡中见出庄严，在黑暗中见出光彩。假如荆轲真正刺中秦始皇，林黛玉真正嫁了贾宝玉，也不过闹个平凡收场，哪得叫千载以后的人唏嘘赞叹？以李太白那样天才，偏要和江淹戏弄笔墨，做了一篇《反恨赋》，和《上韩荆州书》一样庸俗无味。毛声山评《琵琶记》，说他有意要做“补天石”传奇十种，把古今几件悲剧都改个快活收场，他没有实行，总算是一件幸事。人生本来要有悲剧才能算人生，你偏想把它一笔勾销，不说你勾销不去，就是勾销去了，人生反更索然寡趣。所以我无论站在前台或站在后台时，对于失败，对于罪孽，对于殃咎，都是一副冷眼看待，都是用一个热心惊赞。

朋友，我感谢你费去宝贵的时光读我的这十二封信，如果你不厌倦，将来我也许常常和你通信闲谈，现在让我暂时告别吧！

你的朋友　光潜

学业·职业·事业

每个有志气的人，在他的生平都不免为三件事操心。在学校时代，他关心学业；离开学校，他关心职业；有了职业，他关心事业。这自然只是一种粗略的分期，也有许多人始终就专在学业、职业或事业上打计算。总之，这三个名词的意义对于一般人大半不成为问题，不过从逻辑的眼光来分析，我们不能说它是三件互不相同的事。它们的关系还须待确定。

先说"业"。《说文》所定的这个字的原始意义是钟架上一块木板，与我们所谈的没有多大关系。就"业"字所常用在的语句看（如"进德修业""业精于勤""以农为业""成大业""创业守成"等等），我们可以看出两点：第一是学业、职业和事业都可以叫作业，第二是这个"业"字含有相当指流行语"工作"一词的意义。佛典常用"业"字，和"行"字同义，凡人为造作通可叫作"业"，例如思想、言语、行为，都可是一种"业"，"业"简直就相当于流行语的活动。我们可以说，“业”是人运用他的力量做一种工作或活动；所进行的工作或活动叫作“业”，工作或活动所成就的结果也可以叫作“业”。

依这种解释看，学业就是学问的工作或活动，职业就是职分所在的工作或活动。工作或活动就是“事”，所以“事业”是只有一个意义的复词，学问是一种事业，职业也还是一种事业。如果事业还另有特殊意义，那就只能指工作或活动的成就。依这种意义说，在职业上可以成就事业，在学问上也还可以成就事业。总上两义，学业与事业，职业与事业，在逻辑上都不应分开；我们至多只能说“事业”比“学业”或“职业”涵义较广泛，不过这也还有问题。

问题在学业与职业是否绝对为两回事。一般人说“职业”，似带有一种误解，以为职业是衣食工具，“谋职业”就等于“谋生活”，也就等于“谋衣食”，这里“职业”和“生活”两个词的意义都同样窄狭化得很离奇可笑。在这种用字的习惯上，我们可以见出一般人的生活理想的低落。顾名思义，“职业”显然是职分以内的事业。所谓“职分”是起于社会的分工合作的需要。社会上有许多事要做，一个人不能同时做许多事，于是这个人种田，那一个人经商，另一个人做工匠，如此分工，每个人有一个“职分”，都能各尽“职分”帮助社会大机器的轮子旋转，以一分工作的效益，换取同群许多分工作的效益，“吾尽所能，各取所需”，于是人与社会两得其便。每个人有一个“职分”，对于那“职分”就负有责任，须把那“职分”以内的事做好。对于“职分”不尽责就是不称职。职与责是不能分开的。

回到原来的问题，学业与职业是否绝对为两回事呢？从两个观点看，它们也不应分开。

第一，从狭义的学业说，学业是某一种专门学术的研究。专门的学术研究需要长久的集中的力量。一个人既研究一种专门学术，他就没有时间精力去干别的事。社会需要学术的进展，就需有一部分人以研究学术为“职业”。做学问是学者的职分以内的事，正如种田是农人的职分以内的事，他们的成就都于社会有益，他们都负有责任在自家职分以内求有成就。照这样看，学业还是可以当作一种职业。

其次，就广义的学业说，学业是每一种职业必有的准备。一切工作（尤其是在近代社会分工很严密的工作）都需要学习，每一行都有一套专门学问，所以你如果想把某一种职分以内的事做好，你就必须先把它学好。不但如此，工作本身也就是学习。有些人以为在学校里学得一种学问，学业便可告结束，以后入社会就职业，只须拿这一套法宝作无尽期的应用。这不但是误解学业，也是误解职业。最亲切最实在的学问大半不是从书本得来，而是从实地亲身经验得来的。古人所谓“到处留心皆学问”，就是有见于此。同时，到处留心学问的人可以说“学”与“事”相得益彰，不至犯不学无术的毛病，在职业上才能成就真正的事业。一辈子拘受一部讲义的人决不是一个好教员，一辈子拘守一部步兵操典的人决不是一个好战士，余可类推。所以要想把一种职业做好，必须把职业当作学业看。

依以上的分析，学业、职业和事业应该是三位一体。学业或职业如果不能成为事业，那就空洞无成就。学业和职业如果不能打成一片，学业就只是私人的嗜好，不能成为社会中的一种职分，对社会没有效益；职业也就降为与学问脱节的盲目的衣食营求，干燥无味。

职业与学业一贯，然后所学即所用，所用即所学，人得其事，事得其人，不过这只是理想，事实上一个人的职业往往和他的学业不很相关。这是由于有些学业不能为谋生之具，一个人一方面要忠于一种没有经济价值的学问，一方面又要维持生计，于是不得不就一种与自家专门学问无关的职业。最显著的例是大哲学家斯宾诺莎，他为着要保持学术思想的自由，拒绝当大学教授，宁愿操磨镜片的职业，借以营生。英国文学家兰姆写得那样一笔奇特而隽永的散文，而他的终身职业只是一个公司的书记。波兰小说家康拉德在商船上当过多年的水手。英国诗人蒙罗在伦敦一条小街上经营一个小书店。这种实例在西方很多。这种办法颇有它的长处。不靠所研究的学业来谋生，可以保持学业的独立自由；同时，在本行以外就一种职业，也可以扩大眼界，增加生活经验。在目前中国，一般人囿于浅狭的功利主义，都争去学可以赚钱的学问，而文哲数理一类虽是冷门而却极重要的学问很少有人问津，这对于文化学术的全局是一个危险的现象。有志于纯粹学术的人们最好拿斯宾诺莎、兰姆诸人做榜样，一方面埋头做自己的学问，一方面操一种副业，使生计有着落。这种办法的存在，当然显示社会组织有毛病，不在社会组织未完善以前我们只有这个办法可采用。将来社会合理化时，我们希望每一项学术工作者都不感受生活的压迫，每一种学业同时就是一种职业。

在另外一种情形之下，学业与职业也不完全相称，这就是通才就专职。政府行政工作本来也还是一种职业，可是一直到现在，各国还很少在学校里设专门学科去训练议员部长以及其他公务员。在从前中国，政府大小职位，上自宰相，下至县丞，大半依科举履历任命，由科举进身者所读的书大半不外经史诗文，而做的职务却可以彼此相差很远。一榜及第的人有典钱谷的，有主试的，有带兵的，有典刑狱的，有掌漕运的。职务和学问似没有显著的关系。这种情形在目前似还没有经过很大的变更，在英国情形也很类似。一个人在牛津或剑桥毕业了，就可以参加文官考试，及格了，无论所学的是什么，可以被派到任何官厅去服务。如果他想做大一点的官，他可以运动入国会，只要有本领，就不愁没有阁员当。所谓本领也并非专门学术。比如现在首相丘吉尔，做过好久的海军大臣，却没有学过海军，他本来是文人，当过新闻记者。专才学一行才能做一行，通才无须学那一行才能做那一行。医工农商等等需要专才，而社会领导工作则需要通才。近代教育似正在徘徊于两种理想之间，一是“职业教育”的理想，一是“自由教育”的理想，学业须包含品格、学识各方面的普遍修养，不能窄狭化到学徒训练。依我个人想，自由教育对于社会领导工作实在比职业教育重要，不过这两种理想也并非绝对不能相容，专门的技术训练和普通的品格学识修养最好是并行不悖。

择学择业对于一个人是一个极重的问题。首先要考虑的是个人的资禀与兴趣。我曾观察过许多人所学的和所做的全与他们性不相近。有些学文艺的人对于人生世相看不出丝毫情趣，遇事称斤称两，谈吐干燥无味，他们理应学商业或是法律。有些工程师根本没有科学的头脑，却欢喜做点旧诗，结交大人阔佬，他们理应干政治。如此等类，不胜枚举，性不相近，纵然是努力，也往往劳而无补，对于个人和社会都是精力的浪费。在美国，“职业测验”已成为一种专门学问。一个人对于择学择业如有疑难可以找一个专家用测验来解决。这种测验容或很幼稚肤浅，但是它的原则是不错的。我们希望测验的方法日趋精密，将来一个人在学一门学问或是就一种职业之先，都仔细经过一番测验，免得走错门路。

一个人的性之所近，大半自己明白。有些人明明知道自己的长短而却不根据它来决定志向，这大半误于名利观念。现在学生们都欢喜学工程或经济，以为出路好，容易赚钱。存这种心理的人根本不配谈学问，也根本不能做好一行职业，因为他们的兴趣不在学业或职业自身的成就，而在它对于个人所能产生的实利。得鱼忘筌，钱赚到手了，学业和事业有无成就却不必管。这种人的毛病都在短见。“行行出状元”，世间宁有哪一种学问不能学好，或是哪一种职业不能做好？宁有其正在学业和事业上有成就的人会穷得要饿死？如果以为某一行比较走时，或比较容易成功，不费多少气力就可以有成就，这也是妄想。世间没有一件有价值的事可以不费力就能学好做好。我们必须谨记着“不问收获，只问耕耘”一句至理名言。下一分功夫，自然有一分成就。世间纵然也偶有不劳而获的事，那是苟且侥幸，除着寄生虫，都不应存苟且侥幸的心理。

此外，我们中国人对于职业向来有一个更错误的观念，以为世间职业有些是天生的高贵，有些是天生的下贱。所以大家都希望做官而不希望做农工兵警。其实职业起于社会的分工合作的需要。社会需要一种职业，那一种职业就对于社会有效益。一个人有无荣誉，不能看他任的什么职业，应该看他在他的职位是否尽责。一个误国的总统或部长实在抵不上一个勤恳尽职的清道夫。我们通常对于“不才而在高位”者的阔绰排场备致欣羡，对于老老实实替社会造福的农人工人反存鄙视。这是一种可耻的价值意识的颠倒。

无论在学业或职业中想成就事业，都需要两种基本德行。第一是“公”。公就是公道公理。一个问题的看法，一个事件的处理，都须依据一个客观的普遍的道理，对自己说得过去，对他人也说得过去，无论谁来看，都会觉得这是最合理的解决，学问也好，事业也好，都要尊重这种公道公理，才不至发生弊端。公的反面是私。世间许多人许多事都败于私心自用。做学问存私心，便为偏见所蒙蔽，寻不着真理；做事存私心，便不免假公济私，贪污苟且，败坏自己的人格，也败坏社会的利益。其次是“忠”。“忠”是死心塌地地爱护自己的职守，不肯放弃它或疏忽它。把学问当作敲门砖，把职业当作营私的门径，就是不忠于所学所职，为着势利的引诱，放弃自己的学业或职业去做别的勾当，其行为也正等于汉奸卖国，都是不忠。忠才能有牺牲的精神，不计私人利害，固守职分所在的岗位，坚持到底，以底于成。忠是基本德行，有了它也就有了两种附带的德行：勤与勇。勤是精进不懈，时时刻刻努力前进，务求把事做好；勇是无畏不屈，遇到任何困难，都必须拼命把它克服。懒怠与怯懦是治学与治事的大忌；它们的病源在缺乏忠诚与忠诚所附带的热情。

每个人都是自己的命运的主宰，每个人的江山都依仗自己的奋斗才打得来。这个世界是冷酷无情的，一个人如果想以寄生虫的心习，去侥幸获取只有勤奋的蜂蚁所能获到的花蜜，他终久必归自然淘汰。万一他成功侥幸一时，社会所受的祸害也就很大，一条寄生虫有时可以危害到一个人的性命，凡是关心学业、职业和事业的人，须记起这一番简单的道理。

朝抵抗力最大的路径走

我提出这个题目来谈，是根据一点亲身的经验。有一个时候，我学过作诗填词。往往一时兴到，我信笔直书，心里想到什么，就写什么，写成了自己读读看，觉得很高兴，自以为还写得不坏，后来我把这些处女作拿给一位精于诗词的朋友看，请他批评，他仔细看了一遍后，很坦白地告诉我说："你的诗词未尝不能作，只是你现在所作的还要不得。"我就问他："毛病在哪里呢？"他说："你的诗词都来得太容易，你没有下过力，你欢喜取巧，显小聪明。"听了这话，我捏了一把冷汗，起初还有些不服，后来对于前人作品多费过一点心思，才恍然大悟那位朋友批评我的话真是一语破的。我的毛病确是在没有下过力。我过于相信自然流露，没有知道第一次浮上心头的意思往往不是最好的意思，第一次浮上心头的词句也往往不是最好的词句。意境要经过洗炼，表现意境的词句也要经过推敲，才能脱去渣滓，达到精妙境界。洗炼推敲要吃苦费力，要朝抵抗力最大的路径走。福楼拜自述写作的辛苦说：“写作要超人的意志，而我却只是一个人！”我也有同样感觉，我缺乏超人的意志，不能拼死力往里钻，只朝抵抗力最低的路径走。

这一点切身的经验使我受到很深的感触。它是一种失败，然而从这种失败中我得到一个很好的教训。我觉得不但在文艺方面，就在立身处世的任何方面，贪懒取巧都不会有大成就，要有大成就，必定朝抵抗力最大的路径走。

“抵抗力”是物理学上的一个术语。凡物在静止时都本其固有“惰性”而继续静止，要使它动，必须在它身上加“动力”，动力愈大，动愈速愈远。动的路径上不能无抵抗力，凡物的动都朝抵抗力最低的方向。如果抵抗力大于动力，动就会停止，抵抗力纵是低，聚集起来也可以使动力逐渐减少以至于消灭，所以物不能永动，静止后要它续动，必须加以新动力。这是物理学上一个很简单的原理，也可以应用到人生上面。人像一般物质一样，也有惰性，要想他动，也必须有动力。人的动力就是他自己的意志力。意志力愈强，动愈易成功；意志力愈弱，动愈易失败。不过人和一般物质有一个重要的分别；一般物质的动都是被动，使它动的动力是外来的；人的动有时可以是主动，使他动的意志力是自生自发自给自足的。在物的方面，动不能自动地随抵抗力之增加而增加；在人的方面，意志力可以自动地随抵抗力之增加而增加，所以物质永远是朝抵抗力最低的路径走，而人可以朝抵抗力最大的路径走。物的动必终为抵抗力所阻止，而人的动可以不为抵抗力所阻止。

照这样看，人之所以为人，就在能不为最大的抵抗力所屈服。我们如果要测量一个人有多少人性，最好的标准就是他对于抵抗力所拿出的抵抗力，换句话说，就是他对于环境困难所表现的意志力。我在上文说过，人可以朝抵抗力最大的路径走，人的动可以不为抵抗力所阻。我说“可以”不说“必定”，因为世间大多数人仍是惰性大于意志力，欢喜朝抵抗力最低的路径走，抵抗力稍大，他就要缴械投降。这种人在事实上失去最高生命的特征，堕落到无生命的物质的水平线上，和死尸一样东推东倒，西推西倒。他们在道德学问事功各方面都决不会有成就，万一以庸庸得厚福，也是叨天之幸。

人生来是精神所附丽的物质，免不掉物质所常有的惰性。抵抗力最低的路径常是一种引诱，我们还可以说，凡是引诱所以能成为引诱，都因为它是抵抗力最低的路径，最能迎合人的惰性。惰性是我们的仇敌，要克服惰性，我们必须动员坚强的意志力，不怕朝抵抗力最大的路径走。走通了，抵抗力就算被征服，要做的事也就算成功。举一个极简单的例子。在冬天早晨，你睡在热被窝里很舒适，心里虽知道这应该是起床的时候而你总舍不得起来。你不起来，是顺着惰性，朝抵抗力最低的路径走。被窝的暖和舒适、外面的空气寒冷、多躺一会儿的种种借口，对于起床的动作都是很大的抵抗力，使你觉得起床是一件天大的难事。但是你如果下一个决心，说非起来不可，一耸身你也就起来了。这一起来事情虽小，却表示你对于最大抵抗力的征服，你的企图的成功。

这是一个琐屑的事例，其实世间一切事情都可作如此看法。历史上许多伟大人物所以能有伟大成就者，大半都靠有极坚强的意志力，肯向抵抗力最大的路径走。例如孔子，他是当时一个大学者，门徒很多，如果他贪图个人的舒适，大可以坐在曲阜过他安静的学者的生活。但是他毕生东奔西走，席不暇暖，在陈绝过粮，在匡遇过生命的危险，他那副奔波劳碌栖栖遑遑的样子颇受当时隐者的嗤笑。他为什么要这样呢？就因为他有改革世界的抱负，非达到理想，他不肯甘休。《论语》长沮、桀溺章最足见出他的心事。长沮、桀溺二人隐在乡下耕田，孔子叫子路去向他们问路，他们听说是孔子，就告诉子路说："滔滔者天下皆是也，而谁以易之？"意思是说，于今世道到处都是一般糟，谁去理会它，改革它呢？孔子听到这话叹气说："鸟兽不可与同群，吾非斯人之徒与而谁与？天下有道，丘不与易也。"意思是说，我们既是人就应做人所应该做的事；如果世道不糟，我自然就用不着费气力去改革它。孔子平生所说的话，我觉这几句最沉痛，最伟大。长沮、桀溺看天下无道，就退隐躬耕，是朝抵抗力最低的路径走；孔子看天下无道，就牺牲一切要拼命去改革它，是朝抵抗力最大的路径走。他说得很干脆："天下有道，丘不与易也。"

再如耶稣，从《新约》中四部《福音》看，他的一生都是朝抵抗力最大的路径走。他抛弃父母兄弟，反抗当时旧犹太宗教，攻击当时的社会组织，要在慈爱上建筑一个理想的天国，受尽种种困难艰苦，到最后牺牲了性命，都不肯放弃了他的理想。在他的生命史中有一段是一发千钧的危机。他下决心要宣传天国福音后，跑到沙漠里苦修了四十昼夜。据他的门徒的记载，这四十昼夜中他不断地受恶魔引诱。恶魔引诱他去争尘世的威权，去背叛上帝，崇拜恶魔自己。耶稣经过四十昼夜的挣扎，终于拒绝恶魔的引诱，坚定了对于天国的信念。从我们非教徒的观点看，这段恶魔引诱的故事是一个寓言，表示耶稣自己内心的冲突。横在他面前的有两路：一是上帝的路，一是恶魔的路。走上帝的路要牺牲自己，走恶魔的路他可以握住政权，享受尘世的安富尊荣。经过了四十昼夜的挣扎，他决定了走抵抗力最大的路——上帝的路。

我特别在耶稣生命中提出恶魔引诱的一段故事，因为它很可以说明宋明理学家所说的天理与人欲的冲突。我们一般人尽善尽恶的不多见，性格中往往是天理与人欲杂糅，有上帝也有恶魔，我们的生命史常是一部理与欲、上帝与恶魔的斗争史。我们常在歧途徘徊，理性告诉我们向东，欲念却引诱我们向西。在这种时候，上帝的势力与恶魔的势力好像摆在天平的两端，见不出谁轻谁重。这是“一发千钧”的时候，“一失足即成千古恨”，一挣扎立即可成圣贤豪杰。如果要上帝的那一端天平沉重一点，我们必须在上面加一点重量，这重量就是拒绝引诱、克服抵抗力的意志力。有些人在这紧要关头拿不出一点意志力，听惰性摆布，轻轻易易地堕落下去，或是所拿的意志力不够坚决，经过一番冲突之后，仍然向恶魔缴械投降。例如洪承畴本是明末一个名臣，原来也很想效忠明朝，恢复河山，清兵入关后，大家都预料他以死殉国，清兵百计劝诱他投降，他原也很想不投降，但是到最后终于抵不住生命的执着与禄位的诱惑，做了明朝的叛徒。再举一个眼前的例子，汪精卫前半生对于民族革命很努力，当这次抗战开始时，他广播演说也很慷慨激昂。谁料到他的利禄熏心，一经敌人引诱，就起了卖国叛党的坏心事。依陶希圣的记载，他在上海时似仍感到良心上的痛苦，如果他拿出一点意志力，即早回头，或以一死谢国人，也还不失为知过能改的好汉。但是他拿不出一点意志力，就认错就错，甘心认贼作父。世间许多人失节败行，都像汪精卫、洪承畴之流，在紧要关头，不肯争一口气，就马马虎虎地朝抵抗力最低的路径走。

这是比较显著的例，其实我们涉身处世，随时随地目前都横着两条路径，一是抵抗力最低的，一是抵抗力最大的。比如当学生，不死心踏地去做学问，只敷衍功课，混分数文凭；毕业后不拿出本领去替社会服务，只奔走巴结，夤缘幸进，以不才而在高位；做事时又不把事当事做，只一味因循苟且，敷衍公事，甚至于贪污淫逸，遇钱即抓，不管它来路正当不正当——这都是放弃抵抗力最大的路径而走抵抗力最低的路径。这种心理如充类至尽，就可以逐渐使一个人堕落。我当穷究目前中国社会腐败的根源，以为一切都由于懒。懒，所以苟且因循敷衍，做事不认真；懒，所以贪小便宜，以不正当的方法解决个人的生计；懒，所以随俗浮沉，一味圆滑，不敢为正义公道奋斗；懒，所以遇引诱即堕落，个人生活无纪律，社会生活无秩序。知识阶级懒，所以文化学术无进展；官吏懒，所以政治不上轨道；一般人都懒，所以整个社会都“吊儿郎当”，暮气沉沉。懒是百恶之源，也就是朝抵抗力最低的路径走。如果要改造中国社会，第一件心理的破坏工作是除懒，第一件心理的建设工作是提倡奋斗精神。

生命就是一种奋斗，不能奋斗，就失去生命的意义与价值；能奋斗，则世间很少不能征服的困难。古话说得好，“有志者事竟成”。希腊最大的演说家是德摩斯梯尼，他生来口吃，一句话也说不清楚，但他抱定决心要成为一个大演说家，他天天一个人走到海边，向着大海练习演说，到后来居然达到了他的志愿。这个实例阿德勒派心理学家常喜援引。依他们说，人自觉有缺陷，就起“卑劣意识”，自耻不如人，于是心中就起一种“男性的抗议”，自己说我也是人，我不该不如人，我必用我的意志力来弥补天然的缺陷。阿德勒派学者用这种原则解释许多伟大人物的非常成就，例如聋子成为大音乐家，瞎子成为大诗人之类。我觉得一个人的紧要关头在起“卑劣意识”的时候。起“卑劣意识”是知耻，孔子说得好，“知耻近乎勇”。但知耻虽近乎勇而却不是勇。能勇必定有阿德勒派所说的“男性的抗议”。“男性的抗议”就是认清了一条路径上抵抗力最大而仍然勇往直前，百折不挠。许多人虽天天在“卑劣意识”中过活，却永不能发“男性的抗议”，只知怨天尤人，甚至于自己不长进，希望旁人也跟着他不长进，看旁人长进，只怀满肚子醋意。这种人是由知耻回到无耻，注定地要堕落到十八层地狱，永不超生。

能朝抵抗力最大的路径走，是人的特点。人在能尽量发挥这特点时，就足见出他有富裕的生活力。一个人在少年时常是朝气勃勃，有志气，肯干，觉得世间无不可为之事，天大的困难也不放在眼里。到了年事渐长，受过了一些磨折，他就逐渐变成暮气沉沉，意懒心灰，遇事都苟且因循，得过且过，不肯出一点力去奋斗。一个人到了这时候，生活力就已经枯竭，虽是活着，也等于行尸走肉，不能有所作为了。所以一个人如果想奋发有为，最好是趁少年血气方刚的时候，少年时如果能努力，养成一种勇往直前百折不挠的精神，老而益壮，也还是可能的。

一个人的生活力之强弱，以能否朝抵抗力最大的路径为准，一个国家或是一个民族也是如此。这个原则有整个的世界史证明。姑举几个显著的例，西方古代最强悍的民族莫如罗马人，我们现在说到能吃苦肯干、重纪律、好冒险，仍说是“罗马精神”。因其有这种精神，所以罗马人东征西讨，终于统一了欧洲，建立一个庞大的殖民帝国。后来他们从殖民地获得丰富的资源，一般罗马公民都可以坐在家里不动而享受富裕生活，于是变成骄奢淫逸，无恶不为，一至新兴的“野蛮”民族从欧洲东北角向南侵略，罗马人就毫无抵抗而分崩瓦解。再如清朝，他们在入关以前过的是骑猎生活，民性最强悍，很富于吃苦冒险的精神，所以到明末张李之乱社会腐败紊乱时，他们以区区数十万人之力就能入主中夏。可是他们做了皇帝之后，一切皇亲国戚都坐着不动吃皇粮，享大位，过舒服生活，不到三百年，一个新兴民族就变成腐败不堪，辛亥革命起，我们就轻轻易易地把他们推翻了。我们如果要明白一个民族能够堕落到什么地步，最好去看看北平的旗人。

我们中华民族在历史上经过许多波折，从周秦到现在，没有哪一个时代我们不遇到很严重的内忧，也没有哪一个时代我们没有和邻近的民族挣扎，我们爬起来蹶倒，蹶倒了又爬起，如此者已不知若干次。从这简单的史实看，我们民族的生活力确是很强旺，它经过不断的奋斗才维持住它的生存权。这一点祖传的力量是值得我们尊重的。

于今我们又临到严重的关头了。横在我们面前的只有两条路，一是汪精卫和一班汉奸所走的，抵抗力最低的——屈服；一是抵抗力最大的——抗战。我相信我们民族的雄厚的生活力能使我们克服一切困难。不过我们也要明白，我们的前途困难还很多，抗战胜利只解决困难的一部分，还有政治、经济、文化、教育各方面的建设工作还需要更大的努力。一直到现在，我们所拿出来的奋斗精神还是不够。因循、苟且、敷衍，种种病象在社会上还是很流行。我们还是有些老朽，我们应该趁早还童。

孟子说：“天将降大任于斯人也，必先苦其心志，劳其筋骨，饿其体肤，空乏其身，行拂乱其所为，所以动心忍性，增益其所不能。”于今我们的时代是“天将降大任于斯人”的时代了，孟子所说的种种磨折，我们正在亲领身受。我希望每个中国人，尤其是青年们，要明白我们的责任，本着大无畏的精神，不顾一切困难，向前迈进。